KB078689

The Record of Dragon's Return

재중귀환록

FUSION FANTASTIC STORY

푸른 하늘 장편 소설

재중 귀환록 17

푸른 하늘 장편 소설

초판 1쇄 찍은 날 § 2015년 7월 29일
초판 1쇄 펴낸 날 § 2015년 8월 5일

지은이 § 푸른 하늘
펴낸이 § 서경석

편집책임 § 박가연

펴낸곳 § 도서출판 청어람
등록번호 § 제387-1999-000006호
등록일자 § 1999. 5. 31
어람번호 § 제1-2188호

주소 § 경기도 부천시 원미구 부일로 483번길 40 서경B/D 3F (우) 420-822
전화 § 032-656-4452 팩스 § 032-656-4453
http://www.chungeoram.com
E-mail § chungeorambook@daum.net

ISBN 979-11-04-90344-1 04810
ISBN 979-11-5681-939-4 (세트)

The Record of
Dragon's Return

재중 귀환록

17

예언서의 등장

푸른 하늘 장편 소설

FUSION FANTASTIC STORY

도서출판 청어람

CONTENTS

Chapter 01
이용하기 편하게

재중귀환록

끼익!

"무슨 일 있어요?"

지금까지 평소와 같은 모습으로 조용히 있더니 돌연 차를 세워달라고 요청하는 재중이었다.

린다 마릴은 재중의 말에 우선 도로를 피해 차를 옆으로 빼서 세우며 물었다.

그런데 어찌 된 일인지 재중은 대답을 원하는 린다 마릴의 표정을 보면서도 아무런 말이 없는 모습이었다.

거기다 눈빛도 왠지 진지함이 담겨 있어 그 모습을 본 린다 마릴은 순간 이상한 상상이 들었다.

"음, 혹시… 어멋! 저를……?"

인적 드문 곳이다.

린다 마릴은 여기까지 오는 동안 지나가는 차를 본 적이 없다는 것이 생각났다.

린다 마릴이 재중을 무슨 음란마귀를 보듯 무서워하는 표정으로 쳐다보았다.

"훗."

재중은 그런 린다 마릴의 표정에 작게 실소를 지어 보였다.

그러고는 오히려 무서워하는 린다 마릴을 향해 몸을 돌리더니 얼굴 가까이 다가갔다.

"헛! 왜, 왜 그러세요, 재중 씨? 무섭게."

인적이 드문 도로, 거기다 차 안에는 린다 마릴과 재중 단둘뿐이다.

이런 상황에서 린다 마릴이 재중을 무서워하는 것은 상식적으로 당연했다.

그녀가 MI6 요원만 아니라면 말이다.

"언제까지 그쪽 장난에 맞춰줘야 할까요?"

멈칫!

뭔가 분위기에 어울리지 않는 말이었다.

하지만 순간 린다 마릴은 자신도 모르게 어깨를 움찔할 수밖에 없었다.

마치 모든 것을 다 알고 있는 듯한 재중의 눈동자 때문이었다.

"…알고 있었어요?"

재중의 눈동자는 이미 모든 것을 알고 있다고 말하고 있고, 요원으로 훈련받은 린다 마릴이 그 말뜻을 모를 리도 없었다.

린다 마릴이 슬쩍 멋쩍은 듯 웃으면서 되물었다.

"시간을 벌어볼 생각이라면 저는 그다지 추천드리고 싶지 않군요."

정중한 말투지만 장난은 그만하라는 뜻을 담아 재중이 말했다.

"쩝, 역시 내가 통하지 않을 거라고 말했구만."

돌연 지금까지 뭔가 백치미 있고 허당기 보이던 린다 마릴의 목소리가 한순간에 바뀌어 버렸다.

과연 사람이 이렇게 바뀔 수가 있을까 하는 의문이 들 만큼 완전히 다른 목소리이다.

씨익~

하지만 재중은 이미 알고 있었다는 듯 입가에 미소를 지어 보였다.

그러고는 천천히 그녀에게서 떨어져 본래 자신의 자리로 돌아갔다.

"재중 씨, 혹시 마나의 인도자예요?"

뜬금없는 린다 마릴의 물음에 재중은 천천히 고개를 저었다.

뭐 정확하게 따지면 아니긴 했다.

"그럼 저희 현장 팀장들과 국장님을 여객기에 데리고 간 것은 재중 씨의 힘이 아니라는 건가요?"

재중은 그녀의 말을 통해 이번 장난의 원인을 파악할 수 있었다.

테라가 거의 납치하다시피 데리고 왔던 MI6국장과 그 외 재중에게 장난질하려고 한 팀장들을 순간 이동시킨 것이 원인이었다.

일순 재중의 입가에 미소가 지어졌다.

"웃지만 말고 대답해 주세요!"

하지만 여유로운 재중과 달리 린다 마릴의 반응은 날카로웠다.

MI6에서 재중의 정체를 알아내라는 명령을 받은 린다 마릴이었다.

그녀는 재중이 지금 자신에게 장난치고 있다는 느낌을 받았는지 눈을 날카롭게 뜨면서 다그치듯 물었다.

그녀의 추궁이 통했는지 재중이 입을 열었다.

"정확하게는 마나의 인도자가 아닙니다."

"……?"

뭔가 말을 살짝 돌리는 듯한 재중의 대답이다.

잠시 재중을 뚫어지게 쳐다보던 린다 마릴은 무슨 뜻인지 이해하지 못하는 얼굴이다가 천천히 표정이 달라졌다.

마치 형광등 불이 조금 늦게 들어오듯 한 박자 늦게 뇌리에 무언가 스치듯 떠오른 듯했다.

"설마 마나의 인도자가 아니면서도 그들과 같은 힘을 가진 건가요? 그런 거죠?"

마나의 인도자에 대한 정보는 MI6의 국장급이 아니면 쉽게 열람할 수 있는 성질의 것이 아니다.

린다 마릴도 이번에 재중을 상대로 작전을 하면서 필요하기에 조금 들었을 뿐이다.

떠도는 소문으로는 영국 왕실의 숨겨진 기사단이라는 말도 있고, 과거 아서왕과 함께 영국을 주름잡았던 마법사 멀린의 제자라는 말도 있었다.

하지만 모두 그저 소문일 뿐이다.

마나의 인도자는 철저하게 감춰진 존재, MI6에서도 국장급이 되어야만 알 수 있는 존재였다.

화르륵!

재중은 빠른 눈치로 자신의 말뜻을 파악한 린다 마릴을 보다가 아무 말 없이 손바닥을 올려 허공에서 불을 만들어 냈다.

"꺄악! 진짜, 진짜 불이야! 마법이야, 마법!!"

역시나 임팩트가 강하기로는 맨손에 불을 만들어내는 것만큼 좋은 것이 없었다.

MI6에서 고도의 훈련을 받은 요원인 린다 마릴이 잠깐 이긴 하지만 이렇게 보통의 여자들처럼 놀라는 것을 보면 말이다.

"맞아요. 뭐, 비슷한 거죠."

"그럼… 이해가 되네요."

손에서 불을 만들어내는 정도의 힘을 가지고 있으면 비행 중인 여객기 안으로 사람을 이동시키는 것도 충분히 가능하다고 생각한 린다 마릴이었다.

사실 마법에 대해서 아는 지식이 없다 보니 그렇게 단순히 판단한 것이다.

하지만 재중은 그녀의 내심을 읽었으면서도 그냥 피식 웃고 말았다.

굳이 MI6요원인 린다 마릴에게 자신이 마법에 대해 시시콜콜 설명해 줘야 할 이유가 없었다.

고도의 훈련을 받았기에 상식적인 판단에서는 탁월한

반응을 보이는 것이 요원들이다.

하지만 마법이라면 어떨까?

상식 자체가 통하지 않는 마법이었다.

요원들은 그런 마법에 관해서는 냉정히 분석하기보다는 오히려 단순하고 빠르게 자신이 원하는 쪽으로 생각하고 스스로 납득하는 경우가 많았다.

왜냐하면 그렇게 훈련받았기 때문이다.

언제나 냉정하고 빠르게 움직이는 것을 기본으로 훈련받은 요원들이었다.

그런 특성상 자신이 받아들이기 힘든 상황이나 일이 닥쳤을 때도 오랫동안 고민하기보다는 최대한 자신이 이해하기 쉬운 쪽으로 납득해 버리는 것이다.

왜냐하면 그래야 임무를 완수하는 데 변수가 적었다.

지금 린다 마릴은 재중이 손에서 불을 만들어낸 것만 보고 멋대로 재중의 능력에 대해 판단해 버렸다.

마법의 수준에 대한 고민 따위는 없이, 여객기로 MI6 국장과 여러 팀장을 공간이동시킨 것이 얼마나 대단한 것인지는 상관없이 그냥 납득해 버린 것이다.

최대한 자기 나름대로 상식적인 핑계를 만들어가면서 말이다.

"그럼 이제 이런 장난을 친 이유를 듣고 싶군요."

재중이 나직하게 말했다.

자신은 MI6에서 궁금해하는 것을 친절하게 알려줬으니 그쪽도 대답을 내놓으라는 듯한 태도였다.

"에휴, 뭐 이런 식으로 재중 씨가 먼저 알고 선수를 칠 수도 있다는 생각은 했지만 너무나 정확하게 치고 들어와 서… 쩝, 좋아요."

린다 마릴은 재중이 마법사라는 것을 인정하자마자 냉정한 요원의 모습으로 돌아온 듯했다.

잠깐 재중의 말에 무언가 불만이 가득한 듯 중얼거렸지만 잠깐뿐이었다.

곧 결정을 내린 것인지 강하게 한마디하고는 눈에 힘을 주어 재중을 똑바로 쳐다보면서 말했다.

"재중 씨가 마나의 인도자와 같은 힘을 가지고 있다는 것을 확인했고 또한 플랜G의 조건을 충족했기에 말씀드 릴게요."

"……?"

순간 재중은 플랜G라는 말에 고개를 갸웃거렸다.

알파벳으로 매겨진 계획이라면 상식적으로 플랜A부터 시작했음을 짐작할 수 있다. 그렇다면 플랜G는 얼마나 많은 변수까지 생각해서 짠 작전일지 짧은 순간에 판단이 내려지지 않았다.

알파벳을 순서대로 세어보면 G는 일곱 번째다.

즉, 재중을 상대로 나온 린다 마릴은 여러 가지 변수를 고려해서 최소 일곱 가지 이상의 계획을 준비한 것이다.

'역시 MI6인가?'

짧은 순간 흘려들을 수 있는 말이지만, 왜 MI6가 세계에서 알아주는 첩보기관인지 바로 이해가 되는 순간이기도 했다.

생각할 수 있는 모든 변수까지 고려해서 작전을 여러 개 만들었다.

그것은 계획을 실패할 확률이 그만큼 적어진다는 말이기도 했다.

"재중 씨는 그리스에 원조를 할 생각이 없으시죠?"

마치 재중이 할 말을 알고 있다는 듯 물어오는 말에 재중은 천천히 고개를 끄덕였다.

뭐 좋은 나라이고 멋진 나라이긴 했다.

하지만 부정부패로 인해 국가부도사태에 이른 그리스를 도와줄 이유는 조금도 없었다.

재중은 냉정하게 고개를 끄덕였다.

"그럼 만약 그리스를 그렇게 만든 원인이 마나의 인도자들이 추적하고 있는 녀석이라면 어떠세요?"

"……?"

재중은 마나의 인도자들이 추격하고 있는 녀석이라는 말에 눈빛이 살짝 가라앉았다.

재중이 린다 마릴을 쳐다보았다.

"재중 씨도 이미 알고 있을 것으로 생각되는데요."

"라스푸틴."

재중이 나직하게 말하자 린다 마릴이 고개를 끄덕였다.

"맞아요. 그레고리 라스푸틴, 그 녀석이 바로 그리스를 저 꼴로 만든 원인인 셈이죠."

재중은 린다 마릴의 말을 들으면서 그녀의 눈동자 변화를 살폈다.

아무리 고도의 훈련을 받고 연기를 잘하는 사람이라도 눈동자만큼은 결코 속일 수 없다.

눈은 마음의 창이라는 말이 있다.

당연히 맞는 말이다.

사람의 몸이 100이라면 눈이 90이라는 말은 그만큼 눈이 중요하다는 뜻이다.

그리고 눈이 마음의 창문이라면 들여다보는 것도 가능하다.

물론 재중과 같이 조금은 특별한 능력이 있어야 가능한 이야기다.

하지만 특별한 능력인 만큼 그 어떤 사람도 재중 앞에

서는 거짓말을 할 수가 없다.

재중이 살핀 결과 린다 마릴은 라스푸틴이 그리스의 경제를 그 모양으로 만들었다는 것을 믿고 있는 듯했다.

하지만 그렇다고 재중이 그걸 모두 믿을 수는 없었다.

린다 마릴이 사실을 말한다고 MI6가 재중에게 사실을 말하라는 법은 없었다.

MI6 측에서 일개 요원인 린다 마릴에게 모든 사실을 알려줬으리라는 보장이 없는 것이다. 그녀를 속이는 것부터 작전일 수도 있었다.

또한 지금 재중은 굳이 라스푸틴이 그리스 국가부도사태의 원인인지 확인하기 위해 움직일 필요가 없었다.

"훗, 그럼 린다 요원의 말이 사실인지 제가 확인해 보면 되겠군요."

"네?"

린다 마릴은 자신의 말을 진지하게 듣던 재중의 갑작스러운 말에 놀란 듯 그를 쳐다보았다.

사실인지 확인해 본다?

그녀 말의 진정성을 확인하겠다는 건데 세계적으로 알아주는 첩보기관인 MI6에서 알려주는 내용을 믿지 못하겠다는 말로 대답할 줄은 몰랐다.

"……."

하지만 그런 재중의 말에 대구할 수도 없는 린다 마릴이다.

애초에 재중의 뒤통수를 친 것은 MI6 자신들이었으니 말이다.

아마 재중의 뒤통수를 치려고 한 현장 팀장들도 재중이 마법을 사용할 수 있다는 사실을 알았다면 그런 짓을 할 생각은 꿈에서도 하지 않았을 것이다.

요원들도 마나의 인도자라면 악몽을 꿀 만큼 두려워했다.

"본부로 돌아가세요."

재중은 냉정하게 린다 마릴에게 본부로 돌아가라는 축객령을 내렸다.

"네?"

"그냥 본부로 돌아가서 보고 들은 대로 보고하면 됩니다."

재중은 별것 아니라는 듯 말하고는 차에서 내려 천천히 걸음을 옮겼다.

"재중 씨, 여기는 시내에서도 두 시간 거리에 있는 곳이에요! 설마 히치하이킹이라도 하려는 생각이세요?"

린다 마릴로서도 자신의 차를 거부하는 재중의 마음이야 이해했다.

하지만 이곳에서 재중이 묵고 있는 호텔까지는 무려 두 시간 넘게 차로 이동해야 했다.

쩌거걱!! 쩌걱!!

그런데 돌연 재중이 서 있는 곳의 허공이 부서지듯 무너져 내리더니 그 속에서 슈퍼카 한 대가 나타났다.

"부가티⋯ 베이론!"

린다 마릴은 허공에 갑자기 나타난 차를 보자마자 단번에 알아봤다.

재중에 관해서라면 그 어떤 것도 놓치지 않으려고 알려진 모든 기록을 외우다시피 했다.

그래서 단번에 알아본 것이다.

지금 허공에 나타난 차가 바로 재중의 차로 유명한 부가티 베이론이라는 것을 말이다.

철컥!

탁.

부릉!! 부아아아앙!!

재중은 단 한 번도 뒤돌아보지 않고 그대로 부가티 베이론에 올라타더니 가버렸다.

마치 린다 마릴을 없는 사람처럼 취급했다.

"하아, 성격이 진짜 럭비공 같은 사람이네."

MI6에서조차 재중의 성격에 대해서는 크게 아는 게 없었다.

그만큼 재중은 갑자기 나타난 인물이었다.

나름대로 조사를 하긴 했지만 조사를 하면 할수록 오히려 알 수 없는 재중의 성격이었다.

그래서 어쩔 수 없이 미인계라도 써보려는 마음에 린다 마릴과 같은 미인 요원이 나서 봤지만 역시나 결과는 마찬가지였다.

재중이 완전히 시야에서 멀어지자 린다 마릴은 자신의 귀 뒤쪽을 슬쩍 문질렀다.

삑!

린다 마릴의 귀에만 들리는 기계음이 울렸다.

"린다 마릴입니다."

─말하라.

"목표는 이미 저희가 의도적으로 가짜를 내세웠다는 것을 알고 있었습니다."

─그런가? 그럼 그의 반응은?

"무표정입니다."

─무표정?

통신기 너머의 상대가 당황한 듯 오히려 되물었다.

"감정의 기복이 전혀 없었습니다. 마치 모든 것이 이렇게 될 줄 알았다는 듯 말입니다."

―린다 마릴 요원, 그대의 평가인가?

통신기 너머의 목소리가 살짝 가라앉았다.

"네. 목표는 저와 대화하는 도중 단 한 번도 제 눈을 피한 적이 없습니다."

―알았다. 우선 복귀하라.

"네."

린다 마릴은 그렇게 간략하게 보고를 마치고는 귀 뒤쪽에서 손을 뗐다.

삐삑~

짧은 기계음이 들리면서 통신이 끊겼다.

하지만 통신이 끊긴 린다 마릴의 표정엔 뭔가 아쉬움이 가득했다.

"오히려 내가 그에게 간파당한 기분이야."

마치 심연에 끌려들어 갈 것 같은 재중의 눈동자를 떠올린 린다 마릴이다.

그녀는 순간 자신의 어깨가 떨리고 있다는 것을 느낄 수 있었다.

지금까지 수년 동안 작전을 수행한 베테랑 중의 베테랑인 린다 마릴이었다.

그랬기에 재중의 눈동자에 오히려 자신이 잡아먹힐 뻔했다는 것을 깨달을 수도 있었던 것이다.

그리고 그녀는 자신의 몸이 반응한 것에 또 한 번 놀라고 말았다.

"그는 보통의 남자가 아니야."

그냥 여자로서의 본능일 수도 있었다.

아니면 그동안 작전을 수행하면서 쌓인 경험이 바탕이 된 요원으로서의 느낌일지도 모른다.

하지만 이것 하나만큼은 확실했다.

재중은 결코 그녀가 어떻게 해볼 수 있는 남자가 아니라는 것이다.

"마나의 인도자와 같은 힘을 가진 사람들은 모두 저런 느낌인가?"

아직 린다 마릴은 마나의 인도자라는 존재와 만난 적이 없었다.

재중을 상대하면서 최근에야 겨우 마나의 인도자가 영국에 존재한다는 것을 알았으니 말이다.

"모르겠다. 우선 복귀하자."

린다 마릴은 재중만 생각하면 머리가 지끈거렸다.

자신이 지금까지 겪은 그 어떤 남자와도 비교할 수 없는 독특한 느낌 때문이었다.

그녀는 더는 생각하기를 포기하고 결국 그냥 차에 올라타 출발했다.

그런데 그렇게 린다 마릴이 출발하고 난 뒤 몇 분이 지났을까?

그녀가 서 있던 곳에 검은 웅덩이가 생기더니 천천히 솟구쳐 오르면서 형체를 만들기 시작했다.

─귀찮은 여자가 붙은 것 같은데…….

테라는 린다 마릴이 재중에게 호기심을 느끼고 있다는 것을 느꼈는지 못마땅한 표정을 지었다.

하지만 그게 전부였다.

그녀는 가디언이다.

마스터인 재중에게 위협이 될 것은 미리 알리고 판단에 따라 제거하겠지만, 여자가 남자에게 느끼는 호기심은 딱히 막을 생각이 없었다.

물론 린다 마릴이 재중에게 호기심을 느끼면 느낄수록 피곤해지는 것은 테라가 아니기도 했다.

─천서영이 고생 좀 하려나? 후후후훗, 남자 다루는 것이 웬만한 요부 저리 가라인 여자가 호기심을 보인다면 말이야.

테라는 굳이 재중의 곁에 있는 것이 천서영이 아니라도 상관없었다.

재중의 가슴을 흔들 수만 있다면 말이다.

─슬슬 나도 돌아가 볼까~ 마스터에게로~

슈아악~

테라의 몸은 다시 처음 나타났을 때와 같이 녹아내리듯 어둠 속으로 사라져 버렸다.

Chapter 02
사냥개 사냥

재중귀환록

"그녀의 반응은?"

재중이 부가티 베이론을 몰면서 나직하게 한마디 하자,

스으윽~

재중의 옆자리에 갑자기 테라가 모습을 드러냈다.

―우선 그녀가 마스터에게 말한 것은 대부분 그녀의 입장에서는 사실인 것 같아요.

재중이 말한 그녀는 바로 린다 마릴이다.

마지막까지 테라가 남아서 모든 것을 알아본 뒤 하는 말이었다.

재중은 나직하게 고개를 끄덕이고는 곧 조용히 생각에 잠겼다.

최소한 린다 마릴은 재중에게 거짓말은 하지 않았다.

하지만 그것으로 MI6가 자신에게 진실을 말했다고 볼 수는 없었다.

특히나 사람의 심리를 가지고 노는 것에 익숙한 첩보기관이라면 더더욱 그랬다.

"사이먼은 지금 어디에 있지?"

재중이 마나의 인도자인 사이먼에 대해서 묻자, 잠시 생각하듯 눈을 감았던 테라가 그의 위치를 추적하며 대답을 내놓았다.

―마스터와 헤어진 뒤 이동했어요. 잠시만요. 음, 어라? 지금 영국에 없는데요?

"그럼 어디?"

―지금 비행기 안에 있는데 가는 방향이 그리스로 가는 비행기에 있어요, 마스터.

"그리스?"

―네. 어째 MI6가 한 말이 왠지 사실일 것 같다는 생각이 들기 시작하는데요?

사이먼이 그리스를 향해 가는 비행기에 몸을 실었다는 것이 현재 상황이다.

테라는 어쩌면 정말로 MI6도 마나의 인도자들과 같이 라스푸틴을 찾고 있을지도 모른다는 생각이 들었다.

어차피 마나의 인도자들은 영국에 그 뿌리를 두고 있고, MI6도 영국의 첩보기관이다.

결국 둘은 상부상조하는 사이나 마찬가지였다.

—바로 그리스로 이동할까요?

테라는 재중이 바로 그리스로 이동한다면 공간이동을 준비하기 위해 물었다.

"아니."

—……?

재중은 생각할 것도 없다는 듯 단번에 대답했다.

—왜요? 사이먼에게 물어보면 MI6의 의도도 어느 정도 파악이 가능할 텐데요.

테라는 영문을 몰라서 되물었다.

"내가 서두를 필요가 있을까?"

—네?

"어차피 사이먼, MI6 둘 다 라스푸틴을 필요로 하고 있어. 그것도 나보다 더 절실하게 말이야."

—그거야 그렇죠. 마스터께서는 그냥 나중에 귀찮은 일이 생길까 싶어 움직이시는 거지만 그들 입장에서는 배신자와 적을 처리하는 일이니까요.

재중의 말이 맞긴 했다.

다만 테라가 고개를 갸웃거리는 것은 지금까지 빠르게 움직이면서 거침없이 달리던 재중이 갑자기 멈춰 섰기 때문이다.

"때론 한 걸음 쉬어가는 것이 더 빠를 경우도 있지."

—네?

뜬금없는 말에 고개를 갸웃거리던 테라의 눈빛이 잠시 후 천천히 반짝이기 시작했다.

—마스터, 설마 그들을 사냥개로 쓸 생각이세요?

씨익~

재중은 테라의 말에 조용히 웃을 뿐이다.

이미 재중은 라스푸틴의 제자 중 두 명이나 처리한 상태이다.

즉 좋든 싫든 재중은 라스푸틴을 적잖이 흔들어놓은 셈이다.

아마도 그래서 MI6도, 마나의 인도자인 사이먼도 발 빠르게 움직이고 있을 터였다.

즉 재중은 지금 상황에서 서두를 필요가 없었다.

아니, 오히려 조금은 숨을 돌릴 필요가 있었다.

상대가 영혼이동을 성공한 마법사라면 더더욱 그랬다.

어떤 사람의 몸속에 들어 있는지도 모른다.

그런 상황에서 재중까지 들쑤셔 봐야 도움될 게 하나도 없었다.

오히려 라스푸틴이 깊은 곳으로 숨어버릴 가능성이 높았다.

하지만 만만한 MI6나 사이먼이 나선 거라면 어떨까?

아마 정면에서 싸우진 않겠지만 어찌 되었든 라스푸틴이 한 번은 꼬리를 드러낼 것이다.

─후후훗, 오랜만인데요, 사냥개 몰이는. 그럼 사이먼의 그림자에 파편을 심어놓았으니 저희는 기다리기만 하면 되겠네요.

테라는 재중의 생각을 알았다는 듯 나직하게 웃으면서 말했다.

"테라."

─네, 마스터.

"사이먼이 죽어서는 일이 틀어진다."

재중이 나직하게 말했다.

─네, 마스터. 죽지만 않게 할게요. 호호호호호!

마치 요녀의 웃음소리 같았지만 재중에게는 익숙한 테라의 웃음일 뿐이다.

어렵지 않게 내려진 재중의 결정이지만 MI6와 마나의 인도자인 사이먼에게는 고난이 하나 더해진 셈이다.

순식간에 상황이 역전되어 발바닥에 땀나게 뛰어다녀
야 할 것이다.

어떻게든 라스푸틴이 꼬리를 드러내게 만들려면 부지
런히 자극해야 할 테니 말이다.

─그럼 그때까지 어쩌실 거예요, 마스터?

사실 마나의 인도자들을 만나기 위해서 영국으로 온 재
중이다.

거기다 라스푸틴의 제자들 때문에 안전이 걱정되어 연
아와 천서영까지 데리고 온 참이었다.

괜히 귀찮게 사업을 추진하기보다 안전하게 쉬면서 여
유를 즐기라는 마음으로 말이다.

그런데 와서 얼마 지나지 않았는데 마나의 인도자들을
만났다.

동시에 MI6를 살짝 흔들어놓기까지 했으니 목적은 다
달성한 셈이다.

사실상 이제 재중이 할 일은 그저 기다리는 것뿐이었
다.

사이먼이든 MI6든 둘 중에 하나가 라스푸틴의 혼적을
찾으면 자연스럽게 재중에게 알려질 테니 말이다.

그래서인지 무언가 기대하는 듯한 테라의 표정을 슬쩍
본 재중이 피식 웃었다.

"넌 연아 곁에 있어야지."

—…네.

무언가 다른 명령을 기다리던 테라는 실망한 듯 노골적으로 투덜거리면서 대답했다.

하지만 그것뿐, 거역하지는 못했다.

가디언인 테라에게 재중의 명령은 그 무엇보다 절대적이기 때문이다.

"세프처럼 자유를 줄까?"

재중이 마치 테라의 마음을 들여다본 듯 작게 한마디 하자,

뜨끔!

테라는 어깨를 살짝 떨더니 재중을 슬쩍 쳐다보면서 사람 좋은 미소를 보였다.

—저… 그게 아니라… 그냥… 헤헤헤헤.

마치 속마음이 들킨 여자가 그걸 애써 무마하려는 듯한 웃음이다.

하지만 재중은 오히려 그런 테라를 보면서 더욱 환하게 웃었다.

"연아가 안전하면 돌아다녀도 좋아."

—아니에요. 그냥 제가 지킬게요.

연아를 잃을 뻔한 경험은 한 번이면 충분했다.

그때도 흑기병이 아니었다면 연아는 아마 이미 이 세상 사람이 아닐지도 몰랐다.

계획적이긴 했지만 교통사고에 그 정도였다.

그런데 이제 상대는 마법을 쓰는 마법사, 그것도 흑마법의 수준이 상당히 높은 마법사다.

그들이 상대라면 테라 자신이 나서지 않는다면 얼마든지 위험한 상황에 놓일 수 있을 수밖에 없었다.

"테라."

—네, 마스터.

"길어봐야 50년이다. 그 뒤로는 난 크레이언 올드 세이라 님을 따라 대륙으로 넘어가든, 아니면 지구에 은둔하든 세상일에 관여하지 않을 생각이니까."

—네, 마스터.

겨우 50년이다.

물론 인간에게는 기나긴 시간일지도 모른다.

하지만 완전한 드래곤이 된 재중과 그런 재중의 가디언인 테라에게는 달랐다.

그들에게 50년이라는 시간은 짧은 순간일 뿐이다.

—그런데 마스터, 대륙으로 가시는 게 아니었어요?

씨익~

테라는 재중이 갑자기 갈 수도 있고 안 갈 수도 있다는 말에 고개를 갸웃거렸다.

"난 한 번도 세라 님을 따라 대륙으로 가겠다고 말한 적
이 없다."

─그거야… 그렇긴 하죠.

그랬다.

재중은 단 한 번도 자신의 입으로 대륙으로 떠난다고
말한 적이 없었다.

그저 떠난다고 했을 뿐 어디로 떠난다고는 말한 적은
없었다.

─그럼 세라 님에게 언제 대륙으로 떠나는지 물어본 이
유가 뭐예요, 마스터?

"그냥, 적당한 기간을 몰랐거든."

─…….

한마디로 재중은 천서영을 납득시키기 위해 크레이언
올드 세이라를 이용한 것이었다.

─세라 님이 알면 조용히 넘어가지 않겠군요.

크레이언 올드 세이라의 성격을 대충을 알고 있는 테라
가 말했다.

"뭐 그럼 맞장 뜨는 거지. 크크큭."

드래곤이 덤벼들지도 모른다는 말에 오히려 재중은 기
대된다는 표정이다.

오리지널 드래곤과 만들어진 드래곤.

지금으로써는 과연 누가 더 강한지 오직 신만이 알고 있을 테니 말이다.

찌잉~

"……!"

―……!

끼이익!

그리 빠르진 않지만 부가티 베이론의 성능은 슈퍼카 중에서도 최상급이다.

재중이 브레이크를 밟자 요란한 마찰음과 함께 타이어가 고무 타는 냄새를 뿌리면서 멈춰 섰다.

"마나다."

―네, 저도 확실히 느꼈어요.

재중이 조금 더 빨리 느끼긴 했지만 테라도 강한 마나의 움직임을 느낀 것이다.

마나의 움직임을 느끼자마자 재중은 그대로 브레이크를 밟았다.

―그런데 지금 이 마나는 마치 누군가를 부르는 것 같지 않아요, 마스터?

"맞아."

짧지만 강렬한 파동이었다.

그 파동에서 마치 자신을 찾아와 달라는 듯한 신호를 감지한 재중은 차에서 내려 어느 한곳을 쳐다보았다.

바로 마나의 파동이 시작된 방향이다.

"마나의 인도자 중 하나 같은데."

사실 마법이 발달하지 않은 지구에서는 재중이 의도를 정확하게 파악할 만큼 마나의 파동을 강하게 만들 수 있는 존재 자체가 드물다고 할 수 있었다.

아마 라스푸틴과 그의 제자를 제외하면 아마 마나의 인도자가 유일할 것이다.

─사이먼 외에 다른 마나의 인도자 같아요, 마스터.

"그렇겠지."

굳이 테라가 말하지 않아도 방금 마나의 파동은 사이먼의 마나와 다른 느낌이라는 것을 알 수 있었다.

하지만 결코 사이먼보다 약하게 느껴지지는 않았다.

"최소 5서클. 고위 마법사겠군."

─가실 거예요, 마스터?

재중에게 찾아오라는 듯한 마나의 파동에 테라가 물었다.

"제 발로 찾아온 마나의 인도자인데 그냥 보낼 수는 없지. 그리고 이렇게 애타게 나를 찾는 것을 보면 사이먼에게 나에 대해 들은 것 같기도 하고."

그랬다.

마나의 인도자가 쓸데없이 마나를 진동시켜 파동을 일으킬 리는 없었다.

마나의 파동을 사용하는 용도는 하나밖에 없으니 말이다.

하지만 그것을 실행하는 데 들어가는 마나의 양은 결코 적지 않았다.

즉 심심풀이로 마나의 파동을 뿌릴 일은 없다는 것이다.

—설마 그럼 지금 마스터께서 드래곤인 걸 알면서도 찾아오지 않고 부른다는 거예요?

순식간에 테라의 눈에서 살기가 흘러나왔다.

하지만, 살기는 재중이 손을 들어 올리자 거짓말처럼 사라졌다.

—그냥 무시하세요, 마스터.

테라가 생각하기에 감히 마법사가 드래곤인 재중을 찾아오라고 부르는 행동은 노예가 주인에게 찾아오라는 것과 다름없었다.

재중이 막았기에 당장 뭔가 행동을 취하지는 않았지만 쉽게 화가 가라앉지는 않은 듯했다.

하지만 테라가 혼자 열 받아서 당장에라도 메테오를 떨

어뜨릴 듯한 기세를 피워 올리는 동안에도 재중은 별말이 없었다.

재중은 그저 피식 웃을 뿐이었다.

—마스터께서는 지금 웃으실 때가 아니에요. 감히 겨우 인간 마법사 주제에 마스터에게 찾아오라고 마나의 파동을 뿌리다니, 건방진 것도 정도가 있는 법이에요.

마치 자신이 무시를 당한 듯 발까지 동동 구르면서 씩씩거리고 있는 테라였다.

재중은 그녀를 향해 고개를 돌리더니 한마디 했다.

"믿지 못하는 거겠지."

—그래도요! 건방진 인간 같으니!

테라가 좀 방정맞고 가볍게 보이는 행동을 많이 하는 편이긴 했다.

실제로 그런 성격이기도 하다.

하지만 단 한 가지, 재중과 관련된 일에서는 무조건 마법부터 뿌리고 보았다.

하물며 재중이 무시당하는 일이라면 더 말할 것도 없었다.

그나마 지구에서는 마법을 자제하도록 재중이 제약을 걸어두었으니 망정이다.

아니었다면 벌써 파이어볼 몇 개는 날아가고도 남았을

정도로 흥분한 상태였다.

재중은 테라의 머리를 쓰다듬으며 말했다.

쓰윽쓰윽.

"괜찮아. 모르는 것은 죄가 되지 않아."

ー쳇, 건방진 인간.

테라는 재중이 자신의 머리를 쓰다듬자 순식간에 얌전한 고양이처럼 평소의 모습으로 돌아가긴 했다.

그러나 역시나 한마디 하는 것은 잊지 않았다.

씨익～

재중은 그런 테라의 모습에 한번 웃고는 연아의 곁으로 돌려보냈다.

흑기병이 테라 대신 연아를 지키고 있지만, 그래도 테라만큼 안심할 수는 없었다.

흑기병은 물리력에 관해서는 재중과 쌍벽을 이룰 정도의 전투력을 가지고 있다.

하지만 물리력 하나에만 국한된 것이기에 테라만큼은 안심하기 어려웠다.

테라가 돌아간 뒤 재중은 자신을 부르는 마나의 파동이 시작된 곳을 향해 조용히 말했다.

"믿으라고 강요하진 않아. 하지만 나를 불러서 확인하겠다는 건방진 생각은 고쳐 놔야겠지. 오만한 인간은 끝을 모르는 법이니까."

5서클이라면 확실히 고위 마법사다.

3서클 이상만 되어도 인간의 고성능 장비와 전쟁 병기도 크게 무서워할 필요가 없다.

그런데 5서클이라면 어떻겠는가?

웬만한 미사일 외에는 무서울 게 없는 엄청난 무력을 가진 존재이다.

마법사의 서클이 한 단계 올라갈 때 마법의 위력이 두 배씩 올라가는 것이 아니기에 가능한 무력이다.

대충 말하자면 마법사의 서클이 한 단계 올라간다는 것은 곧 벽을 깬다는 말과 같았다.

그리고 5서클은 다섯 번의 벽을 깬 사람을 뜻하는 것이다.

특히나 마법이 없다고 알려진 지구라면 오죽하겠는가?

아마 죽어가는 사람도 살리는 기적을 만들어내는 능력도 가능할 것이다.

그런데 그런 마나의 인도자들에게 오래전 잊힌 드래곤이 나타났다고 하면 그것을 쉽게 믿을까?

자신보다 강한 전설의 존재가 나타났다는 동료의 말을 순전히 믿을 마법사가 과연 있을까?

재중은 단호하게 고개를 저을 것이다.

마법사는 자신이 보고 듣고 겪은 것만 믿는 극도로 현실적인 사고방식을 가진 녀석들이다.

당연히 그만큼 호기심도 대단한 녀석들이다. 자신이 직접 확인해야만 하기 때문에 뭐든지 다 알고 싶어 하는 것이다.

하지만 때로는 그런 호기심이 이런 미친 짓을 저지르는 이유가 되기도 했다.

씨익~

"부르면 가줘야지. 대신 대가는 비싸게 먹히겠지만."

스윽~

재중은 굳이 부르는데 거절하지 않았다.

어차피 자신은 잊힌 존재, 드러낼 생각이 없는 존재였지만 자신의 존재를 의심하는 것까지 무시할 생각은 없었다.

한번 상대를 무시하기 시작하면 자신들이 무슨 짓을 하는지도 깨닫지 못하고 저지르는 것이 인간이다.

그것을 재중은 너무나 잘 알고 있었다.

꿀렁~

재중이 한 걸음 움직이자 재중 바로 앞의 허공이 흔들렸다.

마치 공간 자체가 흔들리는 것 같았다.

그리고 그 흔들리는 공간으로 재중이 발을 옮기자 재중의 흔적이 거짓말처럼 자리에서 사라져 버렸다.

　마치 투명한 물속으로 다이빙한 듯 말이다.

Chapter 03
헨기스트

재중귀환록

"나를 불렀나?"

"……!"

다시 모습을 드러낸 재중이 나타난 곳은 이름 모를 숲 속이었다.

정확하게 말하면 숲 속에 있는 통나무집 바로 앞이었다.

"그대가 사이먼이 말한 자인가?"

"그렇다면?"

상대는 이미 사이먼에게서 재중에 대한 이야기를 들었

다고 하면서도 하오체를 썼다.

마치 자신은 절대로 그런 것을 믿지 않는다는 듯 말이다.

"사이먼도 늙었군."

재중을 본 남자는 대뜸 재중을 향해 가소롭다는 듯 한마디 하더니 쓰고 있던 로브를 뒤로 젖혔다.

백발과 수염이 너무나도 잘 어울리는 노인의 얼굴이다.

반지의 제왕이라는 영화에서 본 마법사와 비슷한 느낌을 풍겼다.

"너는 어떻게 마나를 다룰 수 있게 되었지?"

마치 심문하듯 말하는 늙은 마법사의 모습에 재중은 피식 웃었다.

"내가 왜 그걸 대답해야 하지?"

"건방진!"

쿵!!

늙은 마법사는 재중의 대답에 들고 있던 지팡이를 바닥에 찧었다.

파드드득!! 파드드득!!

순간 무언가 강한 힘이 퍼져 나가더니 순식간에 주변의 숲이 진동하기 시작했다.

동시에 수많은 새가 놀라서 하늘로 날아오르는 장관 아

닌 장관도 펼쳐졌다.

그런 상황에서도 재중은 평온한 표정 그대로였다.

"허풍이 대단한 놈이로군."

늙은 마법사는 사이먼이 말한 것을 믿을 수가 없었다.

잊힌 존재라니, 그건 자신들의 스승님도 본 적이 없다고 알려진 존재였다.

아니, 스승님조차도 본인의 스승님에게서 이야기로만 전해 들었다.

그런데 새파랗게 젊은 녀석이 잊힌 존재라고 한다면 그걸 바로 넙죽 받아들인다는 것 자체가 말이 되지 않았다.

오히려 늙은 마법사는 사이먼이 이제 늙어서 착각했다고 생각했다.

지금 자신 앞에 나타난 재중에게서는 전혀 마나의 향기를 느낄 수가 없었다.

'가만, 마나의 향기가 느껴지지 않아?'

지팡이를 바닥에 찧으면서 무력시위를 하던 늙은 마법사는 순간 자신의 생각 중에 무언가 이상한 점이 있다는 것을 느꼈다.

그는 다시 재중에게서 마나의 향기를 느끼려고 했지만, 역시 아무것도 느껴지지 않았다.

"그럴 리가!!"

혼자 화를 내다가 갑자기 당황하는 표정을 짓는 늙은 마법사를 본 재중은 조용히 입가에 미소를 지었다.

조금 늦긴 했지만 눈치를 챈 것이다.

살아 있는 존재라면 그것이 사람이든, 동물이든, 바닷가에 사는 하찮은 어패류든 모두 아주 미량이라도 마나를 가지고 있는 것이 정상이다.

그리고 5서클이나 되는 고위 마법사가 그걸 느끼지 못할 리 없었다.

아니, 단 한 가지 예외가 있긴 했다.

완전히 마나를 갈무리한다면 마나를 느끼지 못할 수도 있었다.

하지만 그건 사실상 불가능했기에 늙은 마법사도 뭔가 이상하다는 것을 뒤늦게 느낀 것이다.

마나의 인도자 중에 고위 마법사는 마나를 어느 정도 안정시켜서 적게 느끼게 할 수도 있었다.

하지만 완전히 마나를 느끼지 못하게 할 수는 없었다.

그건 살아 있는 생명체가 가진 고유의 마나까지 제어할 수 없기에 벌어지는 일이었다.

그런데 지금 늙은 마법사 앞에 있는 재중에게서 아무런 마나를 느낄 수가 없었다.

마치 옆에 있는 바위와 똑같았다.

"마나의 길을 걷는 너희는 언제나 호기심이 가득하지."

쿵!!

순간 무언가 엄청난 힘이 늙은 마법사의 어깨를 짓누르기 시작했다.

"크윽!"

늙은 마법사는 본능적으로 마나를 활성화시키면서 자신을 찍어 누르는 보이지 않는 힘이 대항하려고 했다.

하지만 어떻게 된 것이 모든 마나를 활성화시켜도 고작 버티는 것이 전부였다.

그리고 그동안 가만히 서 있던 재중이 천천히 움직이기 시작했다.

저벅!

쿵!!

저벅!

쿵!!

마치 재중의 걸음걸이 하나하나가 짓누르는 힘을 강하게 하는 스위치라도 되는 듯했다.

재중의 걸음이 더해질 때마다 늙은 마법사의 어깨를 누르는 힘이 점차 강해졌다.

"쿨럭!!"

그리고 재중이 여섯 걸음을 걸었을 때 늙은 마법사는

결국 무릎을 꿇었다.

"너는 세 가지 실수를 저질렀다."

"쿨럭! 그게… 무슨 말이냐?"

늙은 마법사는 힘으로 굴복당한 상태에서도 재중을 보는 눈동자에는 강렬함이 남아 있었다. 그 모습에 재중은 피식 웃었다.

"마나의 길을 걷는 자는 신분과 능력을 따지지 않고 초대한 자는 자신의 신분을 밝히는 것."

쿵!!

재중의 말이 끝나자 갑자기 늙은 마법사를 짓누르던 힘이 두 배나 강해졌다.

"쿨럭!"

결국 늙은 마법사의 입에서 검붉은 피가 튀어나왔다.

그리고 그 각혈은 늙은 마법사의 마나 활성화가 한계에 달했다는 증거이기도 했다.

물론 재중은 그러거나 말거나 무표정한 얼굴로 계속 말을 이었다.

"그리고 두 번째, 마나의 길을 걷는 자는 자신의 힘을 과시해서는 안 된다는 것."

쿵!!

철퍼덕!!

또다시 강해진 압력에 늙은 마법사는 이제 완전히 바닥에 납작 붙기 직전이었다.

"마지막으로, 마나의 길을 걷는 자는 머리가 나쁘면 빨리 죽는다는 것이다."

"컥컥컥!"

이제는 각혈이 아니라 밝은 빛의 피가 흘러나오는 것을 보니 늙은 마법사의 서클이 흔들리기 시작한 듯했다.

마법사라고 해서 무적은 아니었다.

특히나 마나를 비틀어 기적의 힘을 사용하는 마법사들은 자신의 힘이 한계에 부딪치면 무조건 도망치는 것이 불문율이었다.

그 정도로 힘의 한계를 넘는 것 일이 금지되어 있었다.

왜냐하면 아무리 고위 마법사면 뭐하겠는가? 죽으면 아무런 소용이 없는데 말이다.

하지만 지금 늙은 마법사는 아무것도 할 수가 없었다.

도망치는 것은커녕 어깨를 짓누르는 엄청난 압력을 버티는 것만으로도 그가 평생 동안 수련해 모은 모든 서클이 모자랄 지경이었다.

딱~

그런데 정확하게 서클이 부서지기 직전, 재중이 손가락을 튕기자 늙은 마법사의 몸을 찍어 누르던 힘이 거짓말처럼 사라져 버렸다.

벌떡!!

오히려 재중이 누르던 힘에 반항하던 힘으로 인해 늙은 마법사는 벌떡 일어서는 것으로도 모자라 무려 3미터를 뛰어올랐다가 내려섰다.

"쿨럭쿨럭!!"

하지만 후유증이 없는 것은 아니었다.

다섯 개나 되는 서클에 전부 다 금이 가버렸다.

물론 시간이 지나면 자연적으로 회복되긴 할 것이다.

하지만 그 회복 기간 동안 마법을 사용할 수가 없다는 것이 문제였다.

"당신은… 정말… 잊힌 존재이십니까?"

몸 안에서 날뛰는 마나를 겨우 진정시킨 늙은 마법사가 힘겹게 물었다.

그러자 재중은 조용히 손가락을 앞으로 내밀더니 늙은 마법사의 이마에 딱밤을 먹였다.

빡!!

"쿠억!!"

털썩!

소리와 위력이 마치 커다란 야구배트로 머리를 맞은 모습이다.

"아직도 자신의 실수를 깨닫지 못한 어리석은 녀석이
군."

재중이 차가운 눈동자로 딱밤에 튕겨 나간 늙은 마법사
를 쳐다보았다.

재중의 눈길을 받은 늙은 마법사가 힘겹게 일어서더니
곧바로 소리쳤다.

"마나의 인도자를 이끄는 여섯 중 하나인 헨기스트라고
합니다!"

확실히 마법사 중에는 매를 맞아야 말을 듣는 타입이
많다는 것을 다시 느낀 재중이다.

대륙에서도 꼭 맞아야 똥인지 된장인지 구분하는 녀석
의 대부분이 마법사였다는 것이 생각났다.

그걸 보면 확실히 지구나 대륙이나 맞아야 정신을 차리
는 것이 마법사의 특징일지도 모른다는 생각이 들었다.

"사이먼에게 나에 대해서는 들었겠지?"

"네."

압도적인 힘이다.

그런데 헨기스트는 재중이 마나를 활성화하는 것조차
느끼지 못했다.

즉 재중이 마나를 완전히 제어하고 있었다는 뜻이다.

거기다 방금 그를 찍어 누르던 힘, 그건 분명히 중력이었다.

그것도 정확하게 헨기스트 자신에게만 적용된 중력이 었다.

심지어 중력이 단계별로 강해지기까지 했다.

인간으로 치면 최소 8서클의 대마도사인 것이다.

아니, 대마도사도 중력 마법을 쓰려면 마나를 활성화한 다.

마나를 비틀어 사용하는 것이 마법사의 특징이니 말이 다.

그런데 재중은 그런 것도 없었다.

마치 숨을 쉬듯 자연스럽게 헨기스트에게 중력마법을 사용했다.

그리고 그 모든 것이 재중에게 딱밤을 맞는 순간 뇌리 에 떠올랐다.

마나를 숨 쉬듯 자연스럽게 사용하는 존재는 그가 아는 한 단 하나뿐이었다.

다만 이런 성격은 적당한 선에서 끝내면 더 이상 뒤끝 이 없기에 헨기스트는 제발 재중의 성격이 자신의 예상대 로 이기를 빌고 싶을 뿐이었다.

"잊힌 존재에게 덤빈 소감이 어때?"

"…그게… 죄송합니다, 위대한 존재시여."

헨기스트의 존대에 재중은 피식 웃더니 자리에서 일어섰다.

"그런 허례허식은 그만하고, 왜 나를 불렀지?"

재중이 자신을 부른 이유를 물었다.

"그것이… 궁금해서…….."

아마 옆에 테라가 있었다면 당장 헬파이어를 날린다고 난리를 쳤을 것이다.

궁금하다고 드래곤을 향해 마나의 파동을 뿌렸다는 것은 대륙이라면 미친 짓 중에서도 최상급이다.

그런데 재중은 그런 헨기스트를 가만히 쳐다보면서 물었다.

"그래서 궁금증은 풀렸나?"

끄덕끄덕!

재중의 말이 끝나자마자 목이 부러질 듯 강하게 끄덕이는 헨기스트였다.

그 모습에 재중은 피식 웃으며 그대로 몸을 돌렸다.

"사이먼이 그리스에서 돌아오면 나에게 연락하라고 해."

그러고는 마치 어둠 속에 녹아들 듯 사라져 버렸다.

털썩!!

하지만 여유롭게 사라진 재중과 달리 헨기스트는 재중

이 사라지자 그대로 바닥에 주저앉아 버렸다.

"진짜였어. 진짜… 잊힌 존재께서 돌아오셨어."

수천 년 동안 전설로만 전해지던 존재가 자신의 눈앞에 나타난 것이다.

당연히 그걸 쉽게 믿는다는 것이 어렵긴 했다.

사이먼에게 얘기를 들었을 때는 황당하기까지 했었다.

이제 와서 잊힌 존재라니 무슨 소리를 하는가 싶었다.

하지만 직접 재중의 힘을 체험한 헨기스트는 이미 재중이 잊힌 존재, 드래곤이라는 것을 확신한 상태였다.

그의 스승도 중력마법을 한 사람에게 조절해 사용하는 것은 불가능했다.

거기다 그런 중력마법을 단계별로 조절하는 것은 꿈에서나 가능했다.

헨기스트는 그걸 자신이 직접 겪었기에 이전까지 가지고 있던 생각이 완전히 달라졌다.

하지만 그런 기쁨과 전율에 몸을 떨던 헨기스트는 무언가에 놀란 듯 벌떡 일어섰다.

"맞아. 분명히 스승님이 남겨주신 책 중에 지금과 비슷한 상황이 쓰인 문장이 있었는데……."

헨기스트는 수천 년 만에 잊힌 존재가 다시 모습을 드러냈음에 전율을 느끼다 순간 벌떡 일어나 통나무집으로 뛰어갔다.

분명 어디선가 지금과 같은 상황을 예언한 듯한 문장을 본 적이 있다는 생각이 들었기 때문이다.

"여기 어딘가에 있을 거야. 분명히!"

마치 무언가에 홀린 듯 서재로 들어간 헨기스트는 책을 뽑아 빠르게 살피기를 수십 차례 반복하더니,

"찾았다!"

거의 걸레 수준의 낡은 양피지로 만든 책을 손에 쥐고 기쁨의 탄성을 내질렀다.

철럭철럭~

가죽으로 만든 아주 오래된 책이다 보니 페이지를 넘길 때마다 거친 가죽 스치는 소리가 들렸다.

"찾았다. 뭐야? 그런데… 이건… 도대체 뭐야?"

그런데 어찌 된 일인지 양피지의 내용을 살펴보던 헨기스트는 표정이 굳어졌다.

그는 자신도 모르게 손에서 양피지 책을 놓아버렸다.

"잊힌 존재가 돌아오면 파멸의 존재도 돌아올 것이다. 설마 조사께서 남기신… 예언이 실현되는 것인가?"

잊힌 존재는 당연히 드래곤이다.

그리고 그 드래곤은 재중이다.

그런데 그 뒤에 있는 파멸의 존재라는 대목이 의미심장

했다.

파멸의 존재도 돌아온다는 말이 정확하게 무엇을 뜻하는지 지금은 알 수 없었다.

하지만 헨기스트는 본능적으로 몸이 굳는 것을 느낄 수가 있었다.

"모든 마나의 인도자에게 알려야 한다. 이건 이미 우리만의 문제가 아니야."

헨기스트는 곧바로 휴대폰을 꺼내더니 어딘가로 짧게 문자를 보내고는 그대로 휴대폰을 꺼버렸다.

애초에 이런 식으로 연락을 주고받았던 것인지 익숙한 모습이다.

Chapter 04
긴급 소집

재중귀환록

"응? 헨기스트?"

사이먼은 그리스에 도착해 라스푸틴의 제자들의 흔적이라도 찾기 위해 주변을 살펴보던 중이었다.

그는 휴대폰이 울리는 소리에 액정을 보고는 고개를 갸웃거렸다.

"긴급 소집이라니… 이 친구가 무언가 잘못 먹은 건가?"

사이먼이나 헨기스트나 100살이 넘었다.

마나의 힘으로 그나마 정정하게 살아 있긴 하지만, 언제

몸에 이상이 생겨도 이상하지 않을 나이였다.

그나마 지금까지는 5서클이라는 고위 마법사의 힘이 있기에 큰 문제는 없었다. 하지만 확실히 100살이라면 뭔가 착오를 일으킬 수 있는 나이이기도 했다.

그러나 그런 것을 떠나 지금처럼 마나의 인도자를 이끄는 위치에 있다면 절대 함부로 해서는 안 되는 몇 가지가 있다.

그중에 하나가 지금처럼 긴급 소집을 알리는 문자를 날리는 것이었다.

마나의 인도자들은 자신의 존재가 알려지는 것을 극도로 꺼리는 특성이 있었다.

때문에 어딘가에 전원이 모인다는 것은 극히 위험한 일이었다.

만약 다른 마법사가 그랬다면 실수라고 생각했을 것이다.

그런데 문자를 보내온 것이 헨기스트이기에 사이먼은 고개를 갸웃거리면서도 발길을 돌릴 수밖에 없었다.

헨기스트는 그와 함께 스승에게 직접 마법을 전수받은 사제였다.

아니, 정확하게 말하자면 마나의 인도자를 이끄는 수장 격인 여섯 명 모두가 한 스승에게서 배웠다.

다만 배운 시기가 조금씩 달랐을 뿐이다.

그들 모두가 5서클에 오르는 능력을 보였기에 수장 격인 자리에 있을 수 있었던 것이다.

"무슨 일이 생긴 건가?"

헨기스트를 잘 알고 있는 사이먼은 어쩔 수 없이 다시 공항으로 향했다.

성격이 조금 급하긴 하지만 절대로 경거망동할 성격이 아니라는 것을 알고 있다.

그리고 헨기스트의 연락을 받은 모든 마나의 인도자가 동시에 움직이기 시작했다.

영국을 향해서 말이다.

*   *   *

"오빠, 볼일은 끝났어?"

연아는 정확하게 재중이 무슨 일을 하는지는 모른다.

하지만 마법사라는 것은 알게 되어서 재중에 대해서 큰 걱정은 하지 않았다.

물론 천서영은 작은 걱정조차도 하지 않았다.

"대충은."

"그럼 이제 돌아가는 거야?"

연아는 뭔가 기대를 품은 듯한 눈빛으로 재중을 쳐다보

았지만,

"아니."

"그래?"

바로 실망한 표정으로 변했다.

"꽁꽁 숨은 녀석을 찾는 게 쉬울 리 없으니까."

재중이 마치 남의 일처럼 말하자 연아는 그게 왠지 얄미운 듯했다.

연아가 재중의 앞에 서서 허리에 손을 얹고서 앉아 있는 재중을 내려다봤다.

"오빠."

"응?"

"그럼 이왕 온 김에 시장조사나 나가자."

"시장조사?"

"어차피 난 커피 프랜차이즈 사업 할 거야. 그런데 개나 소나 하는 그런 건 싫어. 왠지 따라 하는 건 개성이 없잖아."

재중은 연아의 말에 피식 웃으면서 대답했다.

"그럼 내가 한 카페를 모델로 해. 나름 여대에서 먹힌 모델이니까."

확실히 재중의 말도 맞긴 했다.

미화여대에서 재중의 카페를 모르면 간첩이라는 말이

있을 정도였다.

하지만 연아는 그것도 싫은 듯했다.

"그건 오빠 거지 내 것이 아니잖아."

미국에서 자라서 그런지 확실히 연아는 누군가에게 기대려는 성향도 없었고, 누군가를 따라 하거나 흉내 내는 것도 별로 좋아하지 않았다.

개인주의적인 사고방식 때문인지, 아니면 원래 연아가 그런 성격인지는 잘 모르겠다.

"그래서 시장조사도 할 겸 영국 커피를 직접 맛보고 싶다는 거야?"

재중이 정확하게 연아의 생각을 짚어내 말하자 연아가 바로 고개를 끄덕였다.

"응. 영국은 유럽에서 가장 먼저 커피가 시작된 나라잖아. 당연히 한국과는 비교도 되지 않게 발전했을 거야."

"그건 그렇지."

연아의 말에 재중도 고개를 끄덕였다.

재중은 사이먼을 기다리면서 들른 동네 흔한 카페에서도 굉장히 깊은 맛을 느낄 수 있었다.

모습은 흉내 낼 수 있다.

하지만 역사는 흉내 낼 수가 없는 법이다.

특히 커피와 같이 맛에 민감한 것은 역사가 깊을수록

그 맛이 깊어지는 것이 당연했다.

"그럼 다녀와."

재중이 별것 아니라는 듯 연아에게서 시선을 돌리자,

꽈악~

연아가 갑자기 재중의 귀를 잡아당겨 자신과 눈을 마주
하도록 만들었다.

"왜?"

"이곳에 남자는 오빠 하나잖아."

"그렇지."

재중을 제외한 모든 일행이 여자이니 틀린 말은 아니었
다.

그런데 재중은 그게 무슨 상관이냐는 식으로 연아를 쳐
다보았다.

"오빠, 여자들끼리 먼 타국에서 돌아다니게 되면 걱정
되지 않겠어?"

피식~

재중은 연아의 말에 피식 웃어버렸다.

천서영의 그림자 속에는 흑기병, 연아의 그림자 속에는
테라가 있다.

거기다 연아의 그림자에는 진 쉐도우까지 같이 있는 상
태이다.

사실 지금 연아에게 핵탄두를 쏴도 연아는 털끝 하나 다치지 않을 것이다.

공간 속으로 숨어버리는 진 쉐도우의 능력만 해도 거의 사기급이니 말이다.

게임으로 치면 위험하다 싶으면 절대로 맞지 않는 공간으로 숨어버리는 상황이나 마찬가지이다.

그런데 그런 자신을 걱정하라고 하니 웃음이 나올 수밖에.

하지만 연아가 그런 이유를 알 리 없었다.

재중이 웃음 짓자,

"오빠, 하나뿐인 동생이 이런 외국에서 어떤 남자에게 끌려가는 걸 보고 싶은 거야?"

재중의 웃음이 단초가 되었는지 잔소리를 늘어놓기 시작한 연아의 모습에 결국 재중이 일어섰다.

다른 것은 몰라도 연아의 잔소리가 이상하게 재중의 예상을 넘어설 때가 많다는 것을 요즘 들어 자주 느끼기 시작했다.

벌컥!

그런데 하늘이 도운 건가?

재중이 어쩔 수 없이 일어서서 움직이려고 하는 순간 호텔 문이 거칠게 열리더니 린다 마릴이 들어왔다.

"재중 씨!"

"······?"

"······?"

갑자기 들어온 린다 마릴의 모습에 다들 고개를 갸웃거리면서 시선을 주었다.

하지만 린다 마릴은 뭐가 그리 다급한지 그런 시선들에는 아랑곳하지 않고 재중을 향해 소리쳤다.

"마나의 인도자들이 모이고 있어요!"

"왜?"

재중은 무슨 뜬금없는 소리냐는 듯 물었다.

"오히려 그건 제가 묻고 싶은 심정이에요. 지금까지 마나의 인도자들이 이렇게 대놓고 모인 건 100년 이래 없었으니까요."

마치 지금 마나의 인도자들이 모여드는 것이 재중과 관련이 있는 게 아니냐고 묻는 듯한 린다 마릴의 눈빛에 재중은 고개를 갸웃거렸다.

왜냐하면 재중이 만난 마나의 인도자라고는 달랑 두 명뿐이기 때문이다.

물론 그 두 명이 마나의 인도자들을 이끄는 수장이기는 했다.

하지만 그렇다 하더라도 그동안 꽁꽁 숨어 있던 마나의

인도자들이 MI6의 감시망에 바로 걸릴 만큼 대대적으로 움직인다는 것은 뭔가 이상했다.

"저 때문이라고 말하고 싶은 건가요?"

재중은 똑바로 린다 마릴을 쳐다보면서 살짝 기분 나쁜 듯한 표정으로 물었다.

"그게… 딱히 재중 씨를 탓하는 것은 아니지만… 하지만 재중 씨가 영국으로 온 뒤로 마나의 인도자들이 활발하게 움직인 것은 사실이에요."

서로 상부상조하는 마나의 인도자들과 MI6이기는 하다.

하지만 그건 현재 겉으로 보이는 모습일 뿐이지 나라를 뒤집을 만한 힘을 가진 존재들을 그냥 두고 보고만 있을 리 없는 MI6이다.

하긴 그러니 이렇게 빨리 그들의 움직임을 알아차렸는지도 모른다.

"위쪽에서는 지금 그들이 모이는 것 때문에 난리가 난 상황이에요."

린다 마릴이 재중에게 재촉하듯 말했다.

하지만 어째서인지 재중은 평온한 표정 그대로였다.

그러고는 오히려 린다 마릴을 향해 되물었다.

"그게 저와 무슨 상관이죠?"

"네?"

린다 마릴은 재중의 의아해하는 대답에 황당하다는 표정을 지으면서 쳐다보았다.

마치 기가 막혀서 할 말을 잃은 듯한 모습이다.

"그들이 왜 꽁꽁 숨어 있다가 갑자기 모여드는지 이유가 궁금하지 않으세요?"

린다 마릴은 당연히 지금 이 정보를 들으면 재중이 자리를 박차고 일어날 것으로 생각했었다.

그래서 지금의 여유로운 재중의 모습이 도무지 이해가 가지 않았다.

"제가 왜 궁금해야 하는지 이유를 모르겠군요."

"……."

순간 린다 마릴은 지금 재중이 자신을 골탕 먹이려고 장난치는 것이 아닐까 하는 생각이 들었다.

그만큼 MI6에서 내린 판단과 재중의 행동은 완전 반대였으니 말이다.

거기에 일부러 그러는 것 같지도 않아 보인다는 게 지금 린다 마릴이 당황하는 가장 큰 이유였다.

린다 마릴은 필수적으로 사람의 심리를 건드리는 특수 훈련을 받았다.

하지만 재중처럼 눈동자를 통해 진실과 거짓을 완전히

가려내는 수준의 능력까지는 갖지 못했다.

그렇지만 사람이라면 무의식적으로 거짓 연기를 할 때 스스로도 모르게 하는 행동과 패턴이 있다.

그리고 그것을 누구보다 빠르게 캐치해서 상황을 판단하는 임무를 주로 맡아온 린다 마릴이었다.

그런 그녀가 지금 재중의 모습이 절대로 거짓이 아니라고 판단했다.

'뭐야? 정말 상관없다는 거야? 도대체 뭐가 어떻게 돌아가는 건지… 미치겠네.'

상부에서는 재중에게 이 사실을 알려주면 분명히 재중이 움직일 것이라고 했다.

그럼 그것을 핑계로 재중의 옆에서 도와주는 척하며 재중에 대한 정보를 최대한 모으라는 지시를 받았다.

설혹 마나의 인도자와 아무런 연관이 없다고 하더라도 재중이 마법을 사용한다는 것은 MI6의 호기심을 건드리기에 충분했다.

그런데 정작 재중이 꿈쩍도 하지 않는 것이다.

결국 린다 마릴은 이러지도 저러지도 못하고 진퇴양난에 빠지고 말았다.

그런 린다 마릴을 보면서 입가에 미소를 그린 재중이 자리에서 일어섰다.

그는 듣는 린다 마릴이 짜증이 날 만큼 해맑게 웃으며
말했다.

"하지만 고마워요."

"정말 상관없어요?"

린다 마릴은 MI6 현장요원답게 최대한 표정을 숨기고
다시 물었다.

"네. 어차피 전 그들에게 묻고 싶은 것이 있었을 뿐, 답
을 들은 이상 그들이 뭘 하든 저와는 상관없으니까요."

"네… 응?"

린다 마릴은 재중의 말에 정말 재중이 그들에 대해서
신경을 끊었다는 느낌을 받았다.

그런데 문득 재중이 한 말 중에 '답을 들었다'는 말에
질문하지 않을 수 없었다.

"재중 씨, 방금 마나의 인도자들에게 답을 들었다고 했
나요?"

"네."

재중은 숨길 이유가 없었다.

"언제요?"

MI6 요원들이 재중을 최대한 감시하고 있는 상태였다.

재중이 마나의 인도자와 만났다면 그런 큼직한 움직임
은 보고되었어야 마땅하다.

하지만 린다 마릴은 아직 재중이 마나의 인도자를 만난 적이 없다는 보고를 접했었다.

당연히 재중의 말에 놀라지 않을 수 없었다.

"제가 그걸 그쪽에게 말해야 할 이유가 있나요?"

오히려 재중이 린다 마릴을 똑바로 쳐다보면서 나직하게 말했다.

"그야… 그럴 이유는 없지만, 그래도 저희가 편의를 봐드리는 상황인데 그 정도는 말해줄 수 있지 않나요?"

현장요원답게 빠르게 대답을 마련해 재중의 엉뚱한 답변에도 집요하게 물고 늘어졌다.

"사이먼, 헨기스트. 이 두 사람의 이름을 대면 대답이 되겠죠?"

"……!"

린다 마릴은 재중이 말한 사이먼과 헨기스트가 누군지 알고 있기에 놀라며 입을 다물었다.

MI6에서 가장 신경 쓰고 있는 마나의 인도자들을 이끄는 6인 중에 사이먼과 헨기스트가 존재했다.

그런데 도대체 언제 그들을 만났단 말인가?

MI6은 재중이 영국에 도착한 이래로 감시위성으로 최대한 재중을 추적해 왔지만 그런 움직임은 찾지 못했었다.

씨익~

재중은 머릿속이 복잡한 린다 마릴을 그대로 지나치면서 미소를 지으며 세프를 쳐다보았다.

'영국 쪽 감시위성이 나를 발견 못한 것은 네 덕분이겠지?'

재중이 나직이 세프에게 의지를 실어서 물어보자 세프에게서 바로 답이 돌아왔다.

―네, 이미 마법의 힘을 밝혔지만 더 이상은 아무래도 위험하거든요.

'뭐… 고마워.'

재중은 어차피 린다 마릴에게 마나로 불꽃을 만들어 보여준 적이 있다.

그래서 MI6 측에서 감시를 한다고 해도 별 상관하지 않고 있었다.

하지만 세프의 말을 듣고 생각해 보니 MI6은 뭐라 해도 첩보기관인 만큼 재중의 모든 것을 알아내려고 할 것이 뻔했다.

그렇다면 적당한 선에서 더 이상 보여주지 않는 것이 좋다는 세프의 판단이 옳다는 생각이 들었다.

그래서 고맙다고 인사를 했는데,

―마스터, 저도 고맙죠? 그렇죠?

뜬금없이 테라가 불쑥 튀어나와 셰프에게 경쟁 심리를 보이며 끼어들었다.

'그래.'

—헤헤헤, 역시 마스터에게는 제가 최고라고요.

'……'

가끔이지만 정말 테라의 사고력이 초등학생 수준으로 떨어질 때가 있다는 것을 느끼는 경우가 있다.

재중은 테라에게서 신경을 꺼버렸다.

이럴 때는 괜히 건드려 봐야 시끄럽다는 것을 경험으로 알고 있었으니 말이다.

"그런데 어디 가시는 거죠?"

린다 마릴은 뒤늦게 재중이 자신을 지나쳐 문 쪽으로 가는 모습에 다급히 물었다.

"커피 하우스에 가볼까 합니다."

"커피 하우스요?"

린다 마릴이 되물었지만 재중은 대답 대신 한번 웃고는 그대로 나가 버렸다.

마치 MI6 요원인 그녀는 안중에도 없다는 듯 말이다.

"하아, 애초에 첫인상이 나빴다는 것은 알고 있지만 그래도 남자라면 어느 정도는 통할 거라고 생각했는데… 쩝."

린다 마릴은 확실히 매력적이다.

물론 미인이기도 했지만, 단순히 예쁘다는 것만으로 판단하기에는 알 수 없는 그녀만의 매력이 있었다.

그런 린다 마릴의 매력이 특히 남자를 상대할 때 빛을 발휘한다는 것을 생각하면 재중의 반응은 확실히 린다 마릴의 자존심을 건드리기에 충분했다.

그동안 작전을 수행하면서 마약 카르텔의 보스도 상대해 보고, 여성 편력이 심하다는 마피아 두목까지 모두 상대해 본 린다 마릴이다.

물론 지금까지 남자를 자신의 매력으로 휘어잡아 모든 작전을 성공적으로 마쳤으니 지금 이 자리에 있는 것이기도 했다.

그런데 어찌 된 일인지 재중에게는 여자로서의 린다 마릴의 매력이 전혀 먹혀들지 않았다.

MI6 국장도 재중에게 첫인상이 너무나 나쁘게 보였기에 굳이 다른 작전에 투입되어 있던 린다 마릴을 불러서 재중에게 보냈다.

그런데 이러면 그렇게까지 한 의미가 없게 된 셈이다.

최소한 재중이 남자라면 린다 마릴의 매력에 어느 정도 나쁜 첫인상이 누그러들 줄 알았다.

지금까지 몇 번이나 만나고 둘이서 사이먼을 지칭한 사

기꾼을 만나기 위해 동행하기도 했다.

하지만 재중은 린다 마릴에게 전혀 관심을 보이지 않았다.

MI6 국장이 굳이 사이먼을 사칭하는 사기꾼을 찾아 린다 마릴과 재중을 보낸 것도 작전의 하나였다.

린다 마릴이 재중을 휘어잡았으면 하는 생각에 꾸민 작전이었던 것이다.

물론 재중은 그걸 알고서도 모른 체했다.

'별수 없이 독자적으로 판단하고 접근해야겠어.'

아무리 플랜을 여러 개 짠다고 해도 결국 현장에서는 어쩔 수 없는 상황이 벌어지게 마련이다.

지금 목석이라고 느껴질 만큼 여자에 관심이 없는 재중처럼 말이다.

Chapter 05
그녀의 정체

재중귀환록

이런 상황이 벌어질 경우 린다 마릴은 어쩔 수 없이 독자적으로 임무를 수행할 수밖에 없었다.

　모든 작전이 소용없게 되었다고 임무를 포기한다는 것은 MI6 요원으로서 있을 수 없는 일이었다.

　린다 마릴은 결정을 내리자마자 자연스럽게 머리를 쓸어 넘기며 빠르게 귀 뒤쪽의 통신기를 잠깐 켰다가 껐다.

　이미 약속된 것으로 이후부터는 자신이 알아서 임무를 수행하겠다는 신호였다.

　―마스터, 린다 마릴이 통신기로 외부에 짧게 신호를 보

냈어요.

'알아. 그냥 모른 척해. 어차피 적이 아니잖아?'

린다 마릴 본인은 모르고 있겠지만, 통신기를 작동하는 순간 테라와 세프에게 바로 걸렸다.

그리고 당연하게도 곧바로 재중에게 알려졌다.

─아무리 적은 아니라지만 그래도 MI6 요원인데 나중에 딴 생각을 하는 일이 생기지 않을까요?

테라는 재중이 조금만 빈틈을 보이면 파고들 것이 분명한 MI6를 굳이 적당한 선에서 밀어내지 않는지 이해가 되지 않았다.

─뭐 마스터께 그만한 이유가 있어서 그러시겠지만 왠지 귀찮은데…….

테라는 그저 여자인 린다 마릴이 아닌, 그녀의 뒤에 있는 MI6라는 단체가 귀찮을 뿐이었다.

애초에 린다 마릴뿐만 아니라 MI6에서 재중을 어떻게 한다는 것은 사실상 불가능한 일이다.

다만 재중이 린다 마릴에게 마나의 불꽃까지 보여준 이유가 테라는 궁금했다.

물론 물어본다고 재중이 가르쳐 주지도 않겠지만 딱히 물어볼 생각도 없는 테라였다.

어차피 때가 되면 재중이 다 알려줄 테니 말이다.

＊　　　＊　　　＊

커피 하우스를 구경하려 나가려던, 재중과 일행을 린다 마릴이 붙잡아서 안내를 장담하는 모습에 재중은 너무나 쿨하게 고개를 끄덕였다.

누가 뭐래도 린다 마릴 그녀는 이곳 영국 현지인이니 말이다.

"여기가 영국에서 가장 오래된 커피 하우스예요."

린다 마릴이 재중 일행을 데리고 간 곳은 런던에서 조금 위쪽에 위치한 옥스퍼드였다.

도착한 곳에는 고풍스러운 외양과 현대적인 세련미가 잘 조화를 이룬 커다란 건물이 서 있었다.

외관 벽은 옛날 성벽을 연상시키는 돌로 만들었지만, 실내는 현대적인 양식을 모두 도입해 고전과 현대가 절묘하게 조화를 이루고 있었다.

커피 하우스는 이해하기 쉽게 표현하자면 카페와 커피 전문점의 중간쯤이라고 할 수 있었다.

한국도 요즘에는 개인이 하는 카페 일부에 직접 원두를 받아 로스팅까지 한 커피 원두를 판매하며 카페를 동시에 하는 곳이 많이 늘어나는 추세다.

그 원조를 따지자면 바로 이 영국의 커피 하우스를 들 수 있다.

지금 재중이 린다 마릴의 안내를 받아 도착한 커피 하우스는 직접 원두 생산지와 계약을 맺어서 이곳 단독으로 공급받는 것이 특이하다면 특이했다.

"이곳이 영국에서, 아니, 유럽에서 가장 처음 커피 하우스를 오픈한 곳이에요."

1650년에 영국에서 처음 커피 하우스가 생겼는데, 아무래도 린다 마릴이 안내한 이곳이 바로 그곳인 듯했다.

"우와! 그럼 역사가 어떻게 되는 거예요?"

연아는 들어오자마자 마치 자신이 원하는 것을 발견했다는 듯 굴었다.

이곳저곳을 살펴보면서 눈에 담기 바쁜 모습으로 기웃거리다 놀란 표정으로 물었다.

"360년이 넘는 역사를 가진 곳이에요."

"…360년? 그럼 몇 대를 걸쳐 하는 거죠?"

린다 마릴이 싱긋 웃으면서 대답했다.

"현재 이곳 주인이 11대예요."

얼핏 들으면 뭔가 이상했다.

역사에 비해 대를 이은 사람들의 숫자가 너무 많았으니 말이다.

하지만 360년이라는 역사에 비해 주인이 자주 바뀐 것에는 이유가 있다.

의료 기술이 변변치 않던 과거에는 빨리 죽는 경우가 흔했기 때문이다.

당연히 그러다 보니 과거에는 젊은 나이에 가업을 물려받는 경우가 많았다.

아버지가 사고로 일찍 죽으면 아직 장성하지 않은 자식이 가업을 잇는 시대가 있었다.

하지만 360년 동안 한 번도 대가 끊이지 않고 계속 이어져 왔다는 것 하나만으로도 대단하다는 말을 듣기에 충분한 곳이었다.

그런데 연아가 이곳에 대해서 감탄하면서 좋아할수록 왠지 린다 마릴의 어깨가 으쓱해지고 있었다.

그에 재중이 슬쩍 쳐다보았다.

"제 아버지가 하시는 곳이니까요."

"네?"

연아와 천서영이 똑같이 놀란 표정으로 그녀를 바라보았다.

다만 셰프는 이미 알고 있다는 듯 표정의 변화가 없었다.

"설마 여기가 린다 마릴 양의 본가예요?"

"네."

보이지 않는 자부심이 가득한 표정으로 대답하는 린다 마릴이었다.

그 모습에 연아는 물론 천서영도 확실히 몇 백 년의 역사를 이어온 사람들만의 무언가를 느낄 수 있었다.

물론 이렇게 역사가 깊고 오래된 커피 하우스를 두고 MI6로 빠진 것이 조금 의외이긴 했다.

"그렇게 놀랄 것 없어요. 어차피 가업은 오빠들이 이어 갈 테니까요."

"아……."

"그렇군요."

그랬다.

영국이라도 가업은 대부분 남자가 잇는 편이었다.

어쩔 수 없을 경우 여자가 대를 잇긴 했지만, 린다 마릴의 경우 오빠가 둘이나 있는 상황이었다.

그러다 보니 가업에서 많이 자유로운 편이고, MI6로도 빠질 수 있었던 것이다.

그런데 재중은 린다 마릴의 이야기를 들으면서 뭔가 이상한 것을 느꼈다.

─마스터, 왠지 저것이 무슨 꿍꿍이가 있는 것 같은데 요?

'그냥 이유 없이 이곳으로 오진 않았겠지.'

특수 훈련을 받고 모든 것을 계산하고 움직이는 요원인 린다 마릴이었다.

그녀가 재중을 자신의 본가로 데리고 왔다.

표면적으로만 보면 이상한 점이 없어 보이기도 했다.

하지만 그녀는 재중이 마법을 사용할 줄 안다는 걸 알고 있다.

즉 재중이 마나의 인도자들처럼 특별하다는 것을 알고 있기에 단지 잘 보이려고 자신의 본가를 소개한다는 것은 아무래도 이상할 수밖에 없었다.

만약 MI6와 재중의 사이가 틀어질 경우, 린다 마릴 자신의 가족을 통째로 위험에 빠뜨리는 것이나 다름없으니 말이다.

요원은 자신에게 약점이 될 만한 것은 절대로 타인에게 알려서는 안 되었다.

아무리 고도의 훈련을 받은 요원이라도 가족의 안전이 걸리게 되면 흔들릴 수밖에 없다.

'MI6에서 이런 작전을 허락할 리가 없지.'

재중은 린다 마릴이 자신의 본가를 재중에게 보여주는 것 자체가 MI6의 명령이라고는 생각하지 않았다.

혹시라도 있을지 모르는 요원의 안전을 보장할 수 없는

작전을 허락할 리 없었다.

그때 그동안 조용히 뒤에 있던 세프가 재중에게 말했다.

—그녀 혼자 독자적으로 움직인 듯합니다, 재중 님.

'혼자서? 그게 가능해?'

—네, 첩보요원들은 보통 작전대로 움직이거나 혹시나 틀어지면 복귀하는 것이 불문율이지만, 린다 마릴의 경우는 어느 정도 예외를 두는 편입니다.

'왜?'

아무리 훈련을 받은 요원이라도 계획이 틀어지면 복귀해야 한다.

—우선 재중 님에게 위험이 없다고 판단한 것도 있지만, 과거 린다 마릴이 수행한 작전을 살펴본 결과 지금처럼 상황이 여의치 않을 때는 독자적으로 작전을 수행해서 성공한 적이 제법 많은 편입니다.

'한마디로 MI6에서 꽤나 능력 있는 요원으로 인정받고 있다는 뜻이겠지?'

재중은 첩보요원이 본부의 명령 없이 스스로 움직일 수 있는 권한이 있는 경우가 거의 없다는 것을 이미 세프에게 들은 적이 있었다.

—네, 린다 마릴의 경우 저 이름도 가명입니다.

'그거야 그렇겠지. CIA나 MI6나 자기 본명을 걸고 작전을 수행하진 않을 테니 말이야.'

그건 당연했다.

아마 린다 마릴이라는 이름을 가진 요원이 대대로 이어져 내려오고 있는지도 모른다.

CIA 같은 경우 스미스라는 이름은 요원이 바뀔 때마다 이어받는다는 말을 들은 적이 있다.

그렇다면 린다 마릴이라는 이름도 다른 요원에게서 이어받았을 것이 거의 확실했다.

─재중 님, 그리고 린다 마릴의 코드명이 007입니다.

재중은 순간 깜짝 놀랐다.

드래곤이 된 뒤로 그다지 크게 놀랄 일이 많지 않았던 재중이다.

그걸 생각하면 확실히 린다 마릴이 007이라는 코드명을 가진 요원이라는 것은 대단히 놀라운 사실이었다.

'설마 그 007 영화에 나오는 그거?'

재중은 확인 차 다시 물었다.

─네, 이미 MI6 핵심 요원에 대해서는 예전부터 파악하고 있으니 틀림없습니다, 재중 님.

바람둥이의 대명사, 불가능한 작전을 수행하는 요원, 살인면허를 가진 요원으로 너무나도 유명한 007 제임스

본드.

영화가 아닌 현실에서 007 린다 마릴을 보는 재중의 시선이 조금 바뀐 것은 당연했다.

재중이 아무리 세상사에 무관심하다고 해도 007을 모를 만큼 세상과 담을 쌓고 지내지는 않았다.

—헐! 진짜 저 어리바리한 여자가 그 007이에요? 대박!!

오죽하면 테라도 놀라겠는가.

테라가 지구로 와서 가장 먼저 한 일이 드라마, 영화를 보면서 이 세상의 구조를 파악하는 것이었다.

그러다 보니 필연적으로 007시리즈 또한 볼 수밖에 없었다.

물론 007 영화를 쓴 원작가가 실제로 MI6 요원 출신이라는 것은 널리 알려진 사실이다.

하지만 아무리 MI6의 존재가 밝혀져 있더라도 007이라는 코드네임을 가진 요원을 실제로 보는 것은 전혀 다른 문제였다.

무엇보다 007이 남자라는 선입견을 완전히 깨버린 것이 가장 큰 충격이라면 충격일 것이다.

—재중 님.

'응?'

—결코 쉽게 보시면 안 됩니다. 이미 이쪽 세상에서 린

다 마릴은 상당히 유명세를 떨치고 있는 요원입니다.

'그렇겠지.'

영화라고 하지만 007이라는 코드명만 말해도 일반 시민도 알 만큼 상징적인 이름이다.

그런 이름을 아무 요원에게나 줬을 리 없는 것이다.

재중도 알았다는 듯 조용히 고개를 끄덕였다.

"……?"

고개를 끄덕이는 순간 재중은 린다 마릴의 눈동자와 마주쳤다.

"무슨 생각을 그렇게 하세요?"

이곳에 들어온 뒤에도 흥미진진하게 이곳저곳 둘러보는 다른 사람들과 달리 무신경하게 행동하는 재중의 모습을 곁눈질로 유심히 살펴보던 그녀였다.

린다 마릴이 싱긋 웃으면서 묻자 재중도 대답하듯 웃어 주었다.

"마음에 드는군요."

그러고는 그 말을 끝으로 천천히 안으로 들어가 버렸다.

'정말 속을 알 수 없는 남자네.'

무언가 빈틈이 많아 보이는 듯하면서도 막상 상대해 보면 도무지 바늘 끝만큼의 빈틈도 보이지 않는 재중이다.

린다 마릴은 질린 표정으로 고개를 돌리다가 천서영을 보았다.

'도대체 저런 통나무 같은 남자를 어떻게 꼬신 거지?'

린다 마릴은 처음으로 천서영이 대단해 보이기까지 했다.

나름대로 남자 다루는 것에 대해선 세계적으로 알아주는 린다 마릴이었지만, 재중에게만큼은 아무런 소용이 없었다.

재중이 평범한 남자라면 이렇게 골치가 아프지도 않을 것이다.

재중이야말로 영국의 경제를 쥐고 흔들 수 있는 재력을 가진 남자라는 것이 문제였다.

이미 그것만으로도 골치가 아픈데 알고 보니 마나의 인도자와 같은 힘을 사용하는 마법사이기도 하다.

MI6에서 린다 마릴에게 어떻게든지 재중과 친밀감을 가지도록 명령을 내리는 것은 당연했다.

뭐 그것도 재중이 받아줘야 되는 것이지만 말이다.

"오빠, 여기 너무 마음에 들어."

"그래?"

"응. 한국에 돌아가면 여기를 벤치마킹해서 카페를 꾸며볼 생각이야."

커피 하우스라면 아직 이곳 외에는 본 적이 없는 상황이다.

그런 데도 휴대폰으로 사진을 찍어대고 구조까지 메모지에 그리는 정성을 보이는 것을 볼 때 정말 어지간히도 마음에 드는 모양이었다.

린다 마릴이 찻잔을 그때 손님을 대접하려는 듯 인원수대로 가져오다가 그런 연아의 모습을 보고는 연아에게 다가갔다.

"마음에 드나 봐요?"

"네, 한국에 가면 제가 할 카페의 디자인을 비슷하게라도 꾸며보고 싶을 정도예요."

"원한다면 저희 로스팅 레시피 하나 알려 드려요?"

번쩍!

린다 마릴은 작게 말했지만 반응은 그 어느 때보다 빨랐다.

"로스팅 레시피요?"

"그게… 가능해요?"

무려 360년이 넘는 역사와 전통을 가진 커피 하우스이다.

그 긴 역사 동안 만들어진 로스팅 레시피가 어떨지는 솔직히 연아도 상상이 가지 않았다.

아마 이곳에 캐롤라인이 있었다면 당장 난리가 났을지도 몰랐다.

다행인지 불행인지 캐롤라인은 아직 브라질에 있었다.

그런데 방금 로스팅 레시피를 알려준다는 말에 뜻밖에도 재중도 관심을 보였다.

'오호, 역시 사라진 환상의 레시피 퀸 오브 썬라이즈를 재현해 낸 사람답게 로스팅 레시피에는 관심을 보이는구나.'

린다 마릴은 재중이 처음으로 자신의 계획에 반응했다는 것이 기쁜지 미소를 지었다.

본부에서 내린 작전이 모두 실패로 돌아간 뒤 독자적으로 움직이기로 결정한 린다 마릴이지만 처음에는 특별한 계획 같은 걸 갖고 있지는 않았다.

하지만 그러던 중 재중이 커피 하우스로 간다는 말에 문득 한 가지 생각이 떠오른 것이다.

지금이야 재중이 세계의 돈을 움직이는 빅핸드라는 이름을 가지고 있다.

하지만 그 이전에는 퀸 오브 썬라이즈라는 사라진 환상의 로스팅 레시피를 부활시킨 사람이었다는 것을 말이다.

그리고 그것을 떠올리자 곧바로 조금 멀지만 이곳 자신의 본가로 데려온 것이다.

사실 린다 마릴의 본가에서 소유한 로스팅 레시피는 수백 가지가 넘었다.

　사람마다 자신의 취향에 맞춰서 로스팅 레시피를 만들던 과거의 기록이 고스란히 남아 있었다.

　물론 현재 주력으로 쓰고 있는 로스팅 레시피를 주는 것은 불가능하다.

　하지만 그 외의 것이라면 그녀의 재량껏 연아에게 하나 정도는 줄 수 있었다.

　로스팅 레시피 하나로 재중과 어느 정도 친밀한 관계를 가질 수만 있다면 그것만큼 싸게 먹히는 일이 없다.

　"그것보다 재중 씨."

　"······?"

　연아와 이야기하던 린다 마릴이 자신을 부르자 재중이 슬쩍 고개를 들었다.

　"수망 하실 줄 알죠?"

　"물론."

　재중 자신이 카페를 운영할 때 모든 원두를 수망으로 볶았으니 당연히 할 줄 알았다.

　"한번 만들어보고 싶지 않으세요? 제가 연아 씨에게 줄 로스팅 레시피요."

　재중이 관심을 보이자 이거다 싶었는지 바로 덥석 무는

린다 마릴이다.

재중은 피식 웃었지만 굳이 거절하진 않았다.

재중도 궁금했다.

사실 재중이 알고 있는 로스팅 레시피는 연아가 카페 프랜차이즈를 하기에는 조금 문제가 있었다.

퀸 오브 썬라이즈를 많이 희석했다고 하지만 결국 고가의 커피였다.

그런데 그 외의 커피는 일반 커피와 다를 바가 없었다.

그도 그럴 것이 재중이 카페에서 판매한 커피는 오직 하나, 퀸 오브 썬라이즈뿐이었으니 말이다.

재중은 다른 커피를 팔아본 적이 없으니 금전적인 지원을 제외하면 사실상 해줄 수 있는 것이 거의 없었다.

물론 사업이야 금전적인 지원이 상당히 높은 비율을 차지하긴 했다.

그래도 사업 자체가 카페인만큼 로스팅 레시피도 결코 무시할 수 없었다.

"어때요?"

"사양하지 않겠습니다."

재중이 자리에서 일어서면서 대답하자 린다 마릴이 일행을 둘러보며 물었다.

"여러분도 같이 가실래요? 요즘은 수망으로 로스팅하

는 곳이 이곳 영국에서도 흔하지 않거든요. 저희 아버지
도 레시피 개발할 때에는 수망으로 하지만 그 외는 기계를
쓰시는 편이라 흔한 광경은 아닐 거예요."

"볼래요."

"보고 싶어요~"

역시나 연아와 천서영이 바로 일어섰고, 세프도 재중이
일어서자 조용히 뒤따랐다.

Chapter 06
모여든 이들

그렇게 일행이 도착한 곳에는 낡아 보이는 화로와 커다
란 솥, 그리고 손때가 가득한 여러 가지 도구가 진열되어
있었다.

"이곳은 360년 전에도 이 모습이었다고 해요."

"그럼 여기가……?"

"네, 저희 커피 하우스의 역사가 시작된 곳이죠."

확실히 뭔가 허름하긴 하지만 시간의 흐름을 꿋꿋이 견
뎌낸 모습은 충분히 느낄 수가 있었다.

"재중 씨, 잠깐만 귀 좀."

린다 마릴은 재중에게 가까이 다가오더니 귓가에 대고 속삭이기 시작했다.

그 순간 천서영이 발끈해 노려봤지만 그런 천서영의 눈빛 따위는 린다 마릴에게 아무 소용이 없었다.

"이렇게… 저렇게… 비율은… 이렇게……. 어때요? 가능하겠어요?"

린다 마릴은 자신이 알고 있는 로스팅 레시피 하나를 재중의 귀에 대고 정확하게 알려주었다.

커피 맛이라는 게 섬세해서 0.1g의 오차만 생겨도 미묘하게 달라진다.

그렇기에 말로만 레시피를 듣고 로스팅 배합을 맞춘다는 것은 실패 확률이 상당히 높았다.

그런데 재중은 머뭇거림이 없었다.

린다 마릴의 말이 끝나자마자 그녀가 알려준 작은 창고에서 그냥 손으로 원두를 집어서 커피를 볶는 솥에 넣었다.

"재중 씨, 정확한 계량이 아니면 맛이 달라져요."

재중의 행동에 놀란 린다 마릴이 황급히 재중을 막으려고 했다.

하지만 이미 배합을 끝낸 재중은 창고를 나온 상태였다.

"헐! 설마 손으로 그냥 계량한 거예요?"

"가능하니까요."

재중이 별것 아닌 것처럼 말하자 린다 마릴은 살짝 기분 나쁜 표정을 지었다.

'뭐야? 지금 우리 가문의 레시피를 쉽게 생각하는 거야? 기껏 왕실에 올라갔던 레시피 중 하나를 알려줬더니… 나 참.'

나름대로 신경 써서 과거 영국 왕실에 보낸 레시피 중의 하나를 알려준 참이다.

그런데 재중이 별것 아닌 것처럼 손대중으로 대충 계량하자 기분이 상했다.

아무리 요원으로서 의도를 가지고 하는 행동이라고는 하지만 360년의 역사를 가진 집안의 레시피를 가볍게 다루는 모습이 좋게 보일 리 없었다.

하지만 재중은 린다 마릴이 그러거나 말거나 곧바로 화로에 불을 올리고는 커피를 볶기 시작했다.

촤라락! 촤라락!

거의 태우기 직전까지 원두를 볶는 것이 로스팅의 핵심이다.

그렇기에 커피를 볶는 것은 엄청나게 힘들기도 하지만 동시에 굉장히 민감한 작업이기도 했다.

원두마다 다른 수분 함량도 계산을 해야 하고, 원두마다 크기와 모양이 조금씩 다르기에 볶는 시간도 달랐다.

로스팅 레시피는 바로 그런 차이에서 오는 맛의 변화를 잡아내는 게 중요했다.

촤라락! 촤라락!

마치 중국 음식 요리사가 음식을 넣고 팬을 돌리듯 커피를 볶는다.

그렇게 얼마나 시간이 지났을까?

재중이 서 있는 곳을 시작으로 커피 향기가 퍼지기 시작했다.

"하, 향기 좋다."

"그러게. 마셔보고 싶은 생각이 절로 드는 향기야."

천서영과 연아는 그저 그윽하면서도 깊은 향기에 좋아하는 표정을 지었다.

하지만 의외로 린다 마릴은 표정이 굳어 있었다.

'뭐야? 어떻게 향기가 똑같지? 그냥 손으로 대충 집어 넣었는데?'

저울에 계량을 해도 볶을 때 향기가 달라지는 경우가 흔하다는 것을 잘 알고 있는 린다 마릴이다.

그녀는 당연히 재중이 실패할 것이라고 생각했다.

하지만 어째서인지 지금의 커피 향기는 정확하게 그녀

가 아버지에게 전수받은 그 로스팅 레시피의 향기를 떠올리게 만들었다.

린다 마릴은 당황스러움을 감출 수 없었다.

'아니야. 맛은 다르겠지. 그렇게 대충 계량하고 성공할 리가 없어.'

재중의 무신경한 행동 때문에 이미 기분이 상해 버린 린다 마릴은 쉽게 인정할 수 없었다.

하지만 로스팅이 끝난 원두를 갈아서 내린 커피를 맛보고는 놀란 표정으로 재중을 쳐다볼 수밖에 없었다.

"똑같아요."

린다 마릴의 말에 재중은 그저 웃을 뿐이었다.

물론 린다 마릴은 재중이 어떻게 손으로 정확하게 계량했는지 궁금했지만 물어볼 수는 없었다.

묻는다고 대답해 줄 재중이 아니라는 것쯤은 이미 린다 마릴도 알고 있었다.

그런데 그렇게 느긋하게 차를 마시는 도중 재중의 감각에 무언가 걸렸다.

―마스터, 마나의 파동이에요.

'나도 느꼈다. 이건 헨기스트로군.'

―건방인 인간 같으니! 또 마나의 파동으로 마스터를 부르다니, 이번에는 아주 요절을 내버려도 되죠? 그렇죠,

마스터?

처음이야 몰라서 마나의 파동으로 자신을 부른 것을 그다지 문제 삼지 않았다.

하지만 또 이런 식으로 자신을 부르는 헨기스트의 행동에는 재중도 기분이 나쁠 수밖에 없었다.

재중은 자리에서 일어섰다.

"오빠, 왜?"

"잠깐 볼일 좀 보고 올게."

"볼일? 끝났다더니 아직 남았어?"

연아는 재중이 볼일이 대부분 끝났다고 했기에 반사적으로 물었다.

"금방 다녀올게."

재중은 자연스럽게 커피 하우스를 나섰다.

그런데 그런 재중보다 먼저 나온 린다 마릴이 재중의 앞을 막으면서 씨익 웃고 있는 것이 아닌가.

"어디 가세요? 혹시 마나의 인도자들을 이끄는 6인 중에 한 명인 헨기스트를 찾아가는 거라면 저도 같이 가고 싶은데요."

"......"

이미 재중이 나설 때부터 누구를 찾아갈지 알고 있었다는 듯한 태도다.

린다 마릴의 그런 모습에 재중은 그제야 대충 감이 왔다.

어째서 그녀가 여기 옥스퍼드로 자신을 데리고 왔는지 말이다.

"그럼 헨기스트가 나를 부르고 있는 곳도 알고 있겠군요."

재중이 나직하게 묻자,

"스톤헨지예요."

기다렸다는 듯 대답하는 린다 마릴의 모습에 재중은 피식 웃으면서 다시 물었다.

"거기 가본 적은 있겠죠?"

"스톤헨지요? 그야 당연히 가본 적이 있죠."

재중의 질문에 오히려 당연한 것을 묻는다는 듯 대답하자,

덥석!

재중은 대뜸 린다 마릴의 손을 잡았다.

"그럼 스톤헨지의 이미지를 떠올려 봐요."

"네? 갑자기 그게 무슨……?"

뜬금없는 재중의 행동에 영문을 모르겠다는 듯 대답하는 그녀였다.

하지만 이미 머릿속에는 스톤헨지의 이미지가 선명하

게 떠올라 있었다.

일반적으로 누군가 어디를 가봤느냐고 묻고 이어 장소에 대해서 물으면 대답하는 사람은 무의식적으로 그곳의 이미지를 떠올리게 되어 있다.

스윽!

재중은 린다 마릴의 손을 잡아끌 듯 카페 옆 작은 골목으로 들어가더니 그 순간 사라져 버렸다.

린다 마릴도 함께 말이다.

            *   *   *

"…이거 현실이죠?"

린다 마릴이 눈앞에 나타난 스톤헨지의 거석들을 보며 재중에게 물었다.

"MI6에서도 알고 있는 내용이 아닌가요? 공간이동으로 그곳의 국장을 데려왔는데 말이죠."

"하긴 그러네요."

공간이동을 하면 그걸 받아들이는 데 사람마다 차이를 보였다.

보통 사람들은 머리로 상황을 이해하는 데 상당한 시간이 걸리는데 그에 비하면 린다 마릴은 겨우 몇 초 동안 생각에 잠겨 있었다.

다시 재중을 쳐다볼 때의 눈빛이 평소의 모습으로 돌아온 것을 보면 받아들인 것이다.

불과 몇 초 만에 공간이동을 이해했다기보다는 있는 그대로 받아들인 것이다.

재중은 그게 결코 쉬운 일이 아니라는 것을 알고 있다.

하지만 한편으로 그녀의 코드네임이 007이라는 것을 생각하면 당연한 결과라는 생각도 들었다.

뛰어난 요원으로 나오는 영화의 이미지가 워낙에 강했기 때문이다.

"재중 씨."

"네?"

"재중 씨는 제 코드네임 알고 있죠?"

마치 확신을 가진 듯한 표정으로 린다 마릴이 물어오자 재중은 고개를 끄덕였다.

"007 아닌가요?"

"역시."

린다 마릴은 그럴 줄 알았다는 듯 한숨과 함께 고개를 슬쩍 돌렸다.

그러고는 언제 따라왔는지 보이는 세프를 보고 물었다.

"세프 씨."

―네.

"셰프 씨죠?"

―…….

그녀가 무엇을 묻는지 몰라 셰프는 입을 다물었다.

"최근에 박창길이라는 한국의 국회의원을 묻어버리도록 미국에 압력을 넣은 사람이 셰프 씨 아닌가요?"

씨익~

린다 마릴이 정확하게 알고 있는 듯 단도직입적으로 물어오자 셰프는 대답 대신 웃을 뿐이었다.

하지만 그 웃음이 대답이나 마찬가지다.

린다 마릴은 셰프에게서 시선을 돌려 이번엔 재중을 보고 물었다.

"도대체 재중 씨는 누구죠?"

마나의 인도자와 관련이 없다.

그건 이미 MI6에서 조사했다.

그런데 마나의 인도자와 같은 마법의 힘을 사용한다.

그뿐인가?

세계적으로 절대로 건드려서는 안 되는 존재, 특히 세계적으로 유명한 첩보기관들이 절대로 적으로 삼고 싶지 않은 존재를 부하 부리듯 데리고 다닌다.

그런 재중이 단순히 자신이 알고 있는 선우재중으로 보

일 리가 없었다.

빅핸드?

영국의 경제를 흔들 수 있는 거대 투자자?

그건 빙산의 일각에 불과했다.

린다 마릴이 느끼고 판단하기에 재중에게 돈이란 있어도 그만, 없어도 그만이었다.

이미 마나의 인도자들과 같은 마법의 힘을 가지고 있는 재중에게 돈이라는 물질적인 가치가 큰 의미를 가질 리가 없는 것이다.

물질에 대한 욕심은 힘이 없는 보통의 인간들이나 가지는 것이었다.

재중에게는 애초에 해당 사항이 없다는 것을 린다 마릴은 그동안 재중을 만나면서 나름대로 분석한 결과 알 수 있었다.

씨익~

그리고 역시나 재중은 그런 린다 마릴의 질문에 대답 대신 미소만 보여줄 뿐이었다.

저벅저벅.

그러고는 그냥 스톤헨지를 향해서 걸어가 버렸다.

"…아무래도 이번 임무는 잘못 맡은 것 같아."

끝까지 변함없는 재중의 모습을 본 린다 마릴은 결국

자의적인 판단을 포기해 버렸다.

그녀는 재중을 파악하기보다 있는 그대로 지켜보기로
했다.

모든 욕심에 해탈한 듯한 재중에게서 무언가 알아내는
것은 거의 불가능하다는 것을 본능적으로 느꼈다.

그런데 걸어가던 재중이 돌연 걸음을 멈추었다.

"린다 마릴 양."

그러고는 천천히 고개를 돌려 뒤따라오는 자신을 부르
는 소리에 린다 마릴이 빠르게 다가갔다.

"마나의 인도자들이 모이는 것에 관심 있는 사람이 꽤
많은 것 같군요."

"네? 설마……?"

린다 마릴은 곧바로 재중의 말이 무슨 뜻인지 이해할
수 있었다.

삑!

─코드네임 007, 비상사태를 알린다! 비상사태를 알린
다! 스톤헨지에 타국의 스파이 잠입! 타국의 스파이가 잠
입했다!

린다 마릴의 통신기가 다급히 소식을 전달했다.

그랬다.

마나의 인도자들이 시작된 곳은 분명히 영국이다.

하지만 시작이 그럴 뿐, 지금까지도 마나의 인도자들이 영국 사람만으로 이뤄졌을 리는 없다.

다른 국가의 마나의 인도자도 있는 것이 당연했다.

문제라면 영국이 아닌 타국의 마나의 인도자들이 헨기스트의 연락을 받고 움직인 것이 그 국가의 정보기관에 그대로 걸린 것이다.

타국의 마나의 인도자들이 영국에 자국의 정보요원, 쉽게 말하자면 스파이를 데리고 들어온 것이다.

─칠칠치 못한 녀석들이네요, 마스터.

이 자리에 테라가 같이 오진 않았지만 그녀는 재중과 영혼을 나누는 사이라 상황을 모두 파악 중이었다.

재중의 눈과 귀로 상황을 지켜보다가 한마디 하자 세프가 슬쩍 끼어들었다.

─마나의 인도자라는 마법사에게는 어쩌면 당연한 행동일 겁니다.

'그렇겠지.'

정보요원이라는 꼬리를 달고 스톤헨지에 모이는 마나의 인도자들을 바보 같다고 말한 테라다.

한데 테라와 달리 세프는 지금 이 상황이 당연하다고 말했다.

재중이 그런 세프의 말에 동의하자 테라는 입을 다물어

버렸다.

테라로서는 억울하겠지만, 마스터인 재중이 맞다고 하니 어쩔 수가 없었다.

―이곳 지구에서 마법사라는 존재는 그런 사소한 것은 무시할 만한 힘이니까요.

재중도 셰프와 같은 생각이다.

얼핏 마법이라는 지구에서는 강력한 힘을 가진 마나의 인도자들이 자국의 정보요원이라는 꼬리를 달고 온 것이 한심해 보일 수도 있을 것이다.

마법사들이 마음만 먹으면 얼마든지 정보요원쯤은 따돌릴 수 있으니 말이다.

정보요원이 아무리 고도의 훈련을 받았다고 해도 결국은 일반인이었다.

하지만 마법사는 그 존재부터가 완전 달랐다.

마나를 비틀어 세상의 상식을 비틀어 버리는 힘을 가진 존재, 그게 마법사였다.

총? RPG(대전차로켓탄)?

그게 무슨 소용이란 말인가?

마법사에게 물리적인 힘은 마나를 비틀기만 해도 무효화시켜 버릴 수 있는데 말이다.

즉 너무나 압도적인 힘을 가지고 있기에 무시해 버린다

는 것이다.

그 모든 것을 압도할 만한 힘이 있다면 각국의 정보요원 정도는 아무런 상관이 없었다.

그리고 그 증거가 지금 스톤헨지에 고스란히 보이고 있다.

"지구를, 아니, 세계를 움직이는 또 다른 힘이었군. 마나의 인도자들이."

지금의 상황만으로도 마나의 인도자들이 얼마나 막강한 힘을 가지고 있는지 충분히 느낄 수 있었다.

겉으로는 돈을 가진 자들이 세계의 경제를 움직이고 있는 것처럼 보였다.

하지만 실제 뚜껑을 열어보니 그게 아니었다.

마법과 마나를 다루는 마법사들이 세상의 뒤편에서 세계를 움직이고 있었다.

그 누구의 간섭도 받지 않고서 말이다.

"재중 씨, 이대로 가실 건가요?"

린다 마릴은 본부에 보고를 모두 끝냈는지 재중에게 다가와서 물었다.

"못 갈 이유가 없으니까요."

재중은 오히려 자신이 가지 못할 이유를 알려달라는 듯한 눈빛으로 말했다.

"재중 씨의 존재가 노출될 거예요."

그랬다.

지금 이곳 스톤헨지에는 각국의 스파이 위성이 가진 여력을 총동원해 집중 중이었고, 곳곳에 정보 수집을 전문적으로 훈련받은 요원이 가득했다.

마나의 인도자들이야 이미 알려질 대로 알려져 있지만 재중은 아니었다.

현재는 영국의 MI6만이 유일하게 재중이 마법의 힘을 다룰 수 있다는 것을 알고 있을 뿐이었다.

린다 마릴은 그것이 다른 국가에 알려지는 것이 싫은지 노골적으로 싫은 표정을 보였다.

"흠, 귀찮긴 하겠지."

재중도 굳이 린다 마릴을 위해서가 아니라 앞으로 움직임에 여러 가지 귀찮은 일이 생길 수 있다는 생각이 들었다.

재중이 잠시 고민하다가 세프를 쳐다보았다.

ㅡ위성을 무력화시킬까요?

세프는 재중이 원하는 것이 무엇인지 정확하게 알고 물었다.

"그렇게 해줘. 아직까지 난 알려지지 않은 채로 움직이는 게 편하니까."

─네, 재중 님.

린다 마릴은 일순 지금 재중과 세프가 무슨 대화를 하는지 모르겠다는 표정을 지었다.

하지만 얼마 지나지 않아 그들이 방금 한 대화의 의미가 무엇이었는지 알 수밖에 없었다.

삐이익!

"앗!"

린다 마릴의 귀 뒤쪽에 숨겨져 있는 통신기가 갑자기 짧고 날카로운 비프 음을 울리며 작동을 정지했다.

"설마… 지금 이곳 상공에 떠 있는 모든 위성을 무력화시켰다는 건가요?"

린다 마릴의 귀 뒤쪽에 심어져 있는 통신기는 자체적으로 위성과 통신을 한다.

그래서 위성이 멈추지 않는다면 통신기가 작동을 멈추는 경우는 없었다.

거기다 지하 10층까지 통신이 가능한 특수한 통신기였기에 지금처럼 넓은 벌판 위에서 통신기가 멈출 일은 없었다.

통신기가 멈춘다면 이유는 단 한 가지뿐이었다.

─재중 님이 원하니까요. 하지만 재중 님의 볼일이 끝나면 다시 정상화시킬 겁니다.

"……."

린다 마릴은 할 말을 잃어버렸다.

지금 이곳 스톤헨지에 몰려든 스파이 위성만 해도 무려 30대 이상이다.

MI6에서 관리하는 스파이 위성까지 합쳐서 말이다.

그런 위성을 일시에 무력화시켰다는 말을 듣고 있으려니 린다 마릴로서는 기가 찰 노릇이었다.

그런데 아직 그녀는 모르고 있었다.

위성을 무력화한 것은 겨우 시작에 불과하다는 것을 말이다.

Chapter 07
스톤헨지

재중귀환록

"세프."

—네, 재중 님.

"이곳에 숨어든 쥐새끼가 얼마나 되지?"

위성이야 세프가 관리하는 위성으로 무력화시켰다고 하지만, 아직 직접 들어와 있는 요원들이 남아 있었다.

—재중 님이 직접 움직이려고 하십니까?

이곳에는 세프와 재중, 그리고 린다 마릴밖에 없다.

"별수 없잖아. 린다 마릴 양이 움직인다고 해결될 수준은 이미 넘어섰으니까."

―그럼 이걸 사용하십시오.

세프는 품에서 꺼내듯 아공간에서 선글라스를 꺼내 재중에게 내밀었다.

"이거 그거지?"

재중은 이미 이 선글라스를 한국행 비행기에서 한 번 사용한 적이 있었다.

―네, 이미 이곳에 숨어든 스파이들의 위치는 모두 입력해 두었습니다.

"그래?"

재중이 세프가 내민 선글라스를 쓰자,

삐리릭!

재중의 귀에만 들리는 작은 시동음과 함께 재중이 시선을 돌릴 때마다 요원들이 숨어 있는 위치가 붉은 점으로 정확하게 표시되기 시작했다.

"55명이라……. 많이도 왔군."

선글라스를 쓴 채 거의 360도 한 바퀴 돌아본 재중의 시야에 파악한 요원들의 숫자가 표시되었다.

그걸 본 재중은 피식 웃었다.

"아무래도 귀찮게 한 대가를 받아내야겠어."

헨기스트가 자신을 불렀다면 그동안 숨어 있던 마나의 인도자들이 스톤헨지에 모이는 것은 당연히 자신과도 연관이 있을 것이다.

재중도 그 정도는 생각하고 있으니 마나의 파동을 느끼자마자 움직인 것이다.

하지만 이렇게 노골적으로 꼬리를 달고 움직이는 거만한 모양새를 보니 순순히 협조해 줄 마음이 들지 않았다.

확실히 대가를 치르게 해야 했다.

강함과 거만함은 별개의 문제였다.

"린다 마릴 양."

"네?"

재중이 뜻 모를 말을 하다가 갑자기 자신을 부르자 린다 마릴이 고개를 돌렸다.

"이곳에서 움직이지 마세요."

"네? 그게 무슨……?"

씨익~

갑자기 움직이지 말라는 말과 함께 미소를 지으며 재중이 사라져 버렸다.

"어, 어디로? 방금 눈앞에 있었는데?"

뻔히 눈앞에서 보고 있는데 사라진 것이다.

그렇게 린다 마릴 앞에서 사라진 재중은 선글라스에 표시된 붉은 점을 하나씩 처리하는 중이었다.

물론 죽이는 것이 아니라,

펙!!

"크윽!!"

정확하게 뒷목을 쳐서 몇 시간 정도 기절시키는 것이었
다.

그리고 불과 몇 분이 지났을까?

다시 재중이 린다 마릴 앞에 모습을 드러냈다.

사라졌을 때와 같은 모습이다.

"……."

린다 마릴은 마치 움직인 적이 없다는 듯 사라질 때의
그 모습 그대로 나타난 재중이 믿기질 않았다.

그녀는 도대체 재중이 사람 같아 보이지가 않는다는 표
정을 지었다.

"잘 썼다."

재중이 선글라스를 벗어서 세프에게 건네주었다.

ㅡ재중 님을 도와드리는 것이 제 임무입니다.

별것 아니라는 듯 세프가 선글라스를 받아 품에 갈무리
했다.

재중은 멈췄던 걸음을 다시 옮기기 시작했다.

마치 아무 일 없었다는 듯 말이다.

"잠깐만요! 지금 이곳에 타국의 요원들이 깔렸다는 것
을 잊었어요?"

린다 마릴은 재중의 존재가 알려지는 것을 극도로 꺼리는 표정으로 재중 앞을 막아섰다.

재중은 천천히 그런 린다 마릴을 내려다보며 말했다.

"아직 녀석들이 남아 있다면 말이죠."

"네?"

그 말을 끝으로 린다 마릴을 지나쳐서 계속 걸음을 옮겼다.

그런 재중을 뒤따라 움직이던 세프가 나직이 린다 마릴을 향해 한마디 했다.

—재중 님이 이미 처리했으니 걱정 마세요, 린다 마릴 요원.

"그게 무슨……?"

이곳에 타국의 스파이가 몰려들었다고 말한 것은 재중이다.

그리고 린다 마릴도 본부와 연락했을 때 재중의 말이 사실이라는 것을 확인했다.

그런데 불과 몇 분 만에 해결됐다니 쉽게 이해가 가지 않았다.

—이걸 보면 좀 쉬울까요?

세프는 잠시 옆으로 벗어나더니 재중이 기절시킨 독일 요원 하나를 끌고 와서 린다 마릴 앞에 내려두었다.

"이자는?"

린다 마릴도 처음에는 세프가 끌고 오는 남자가 누군지 몰랐다.

하지만 가까이에서 얼굴을 확인하자 알 수 있었다.

독일 쪽 정보국에서 나름 유명한 요원이었다.

—늦으면 재중 님을 놓칠 겁니다.

기절한 독일 요원을 보고 있던 린다 마릴은 뒤늦게 정신을 차리고 후다닥 걸음을 빠르게 옮겼다.

하지만 그녀의 머릿속에서는 의문만 가득했다.

도무지 재중이 무슨 짓을 했기에 이곳에 숨어든 요원들을 모두 처리했는지 그녀로서는 짐작도 가지 않았다.

하지만 그녀는 곧 깊게 생각하지 않고 재중이 마법을 사용했다는 것으로 결론지었다.

역시 적응력이 강한 것은 린다 마릴의 성격인지, 아니면 잠입 훈련을 받았기 때문인지는 모를 일이다.

'마법이겠지. 어차피 마법은 아직 알려진 게 없으니까.'

도저히 마법으로 생각하지 않고서는 이해할 수가 없었다.

하지만 한편으로 재중이 마법을 사용해서 지금 이곳에 숨어든 모든 요원을 처리했다고 생각하자,

오싹!

린다 마릴은 등줄기로 식은땀이 흘러내리는 것을 느낄
수 있었다.

고도의 훈련을 받고 잠입에 능할 뿐만 아니라 개인적인
전투력도 상당한, 한마디로 살인 기계나 마찬가지인 요원
을 불과 몇 분 만에 모두 제압했다는 것을 확인했으니 말
이다.

'킬러들도 마나의 인도자라면 치를 떨면서 도망친다더
니… 이유가 있었어.'

따지고 보면 재중은 마나의 인도자와는 전혀 다른 힘을
사용하긴 한다.

하지만 압도적으로 강하다는 것은 다를 바 없으니 그게
그거인 셈이었다.

─린다 마릴 양.

"네?"

─영국은 운이 좋은 편이에요. 후후훗.

오싹!

세프가 말한 '영국은 운이 좋다'라는 말에 린다 마릴은
순간 이유는 모르지만 본능적으로 온몸의 피가 얼어붙는
느낌을 받았다.

"헨기스트."

사이먼은 곧바로 영국으로 날아오자마자 메시지를 받은 대로 스톤헨지로 향했다.

정확하게는 스톤헨지 뒤편의 사람들의 발길이 금지된 곳에 도착해 그곳에서 기다리고 있는 헨기스트를 향해 천천히 다가갔다.

"자네 왔는가?"

사이먼을 본 헨기스트가 양팔을 벌려 환영했지만, 어째서인지 표정에는 어둠이 가득했다.

"헨기스트, 자네 무슨 의도로 전체 소집령을 내린 것인가?"

마나의 인도자 수장의 권한 중에 하나가 바로 각국에 흩어져 있는 마나의 인도자들을 모두 불러 모을 수 있다는 것이다.

하지만 그것도 제약이 많았다.

각국에 흩어져 있는 마법사를 모두 불러 모으는 만큼 사안이 중요해야 한다는 조건은 필수였다.

그리고 혹시라도 소집 후에 그만큼 중요한 일이 아니라고 판단된다면 투표로 마나의 인도자를 이끄는 6인의 자리에서 물러날 수도 있었다.

즉 결코 함부로 사용해서는 안 되는 권한이 바로 전체 소집령이었다.

하지만 한번 전체 소집령이 발동되면 마나의 인도자라는 이름을 사용하는 마법사는 즉시 모여야 하는 강제력도 있었다.

마나의 맹약으로 정해진 규칙이었다.

"자네가 말한 그분을 만났네."

"잊힌 존재를 말인가?"

사이먼은 우연히 그리스로 가기 전 헨기스트를 만났을 때 자신이 잊힌 존재를 만났다고 말한 적이 있었다.

물론 헨기스트는 그 당시 장난치지 말라면서 웃어 넘겼지만 말이다.

그런데 그게 불과 바로 몇 시간 전이었기에 사이먼은 의아한 눈으로 헨기스트를 쳐다보았다.

"잊힌 존재가 돌아올 것이다. 그럼 파멸의 존재도 되살아날 것이다."

헨기스트가 조용히 읊조렸다.

그러자 사이먼은 지금 헨기스트가 한 말이 무슨 뜻인지 모르겠다는 듯한 표정을 지었다.

"응? 그게 무슨 말인가?"

"자네는 읽은 적이 없나 보군."

헨기스트는 사이먼이 과거 몇 대 조사님이 썼는지는 모르지만 낡은 양피지에 쓰여 있던 이 글귀를 읽어본 적이 없다는 것을 깨달았다.

"그게 무슨 말인가? 잊힌 존재가 돌아오다니?"

"이것을 보게나."

헨기스트는 설명하기보다 자신이 가지고 나온 양피지로 만든 책을 넘겨주었다.

사이먼은 그걸 받아서 읽기 시작했다.

몇 장 읽던 사이먼의 움직임이 갑자기 멈추었다.

"헨기스트! 설마 이게 진실인가?"

"그렇다네."

너무나 놀라서 몸이 떨리고 있는 사이먼과 달리 헨기스트는 담담하게 고개를 끄덕였다.

그는 이미 통나무집에서 모두 놀라 버렸다.

"이 예언서는… 설마 그것인가?"

"그렇다네. 지금까지 단 한 번도 예언이 빗나간 적이 없는… 그분의 예언서이네."

사이먼은 몸의 피가 얼어붙는 느낌이 들었다.

예언서는 사이먼도 견습 시절 잠깐 본 적이 있었다.

적중률 100%의 예언이 쓰인 마법서는 당시 사이먼에게 충분히 호기심을 자극할 만한 책이었다.

하지만 그것이 전부였다.

이미 지나간 과거나 앞으로 일어날 미래가 쓰여 있지만 대부분이 보통 인간들의 삶에서나 중요한 예언일 뿐이었다.

사이먼 자신과 같은 마법사들에게는 그다지 의미 없는 예언이 대부분이었다.

물론 지금 본 예언서도 견습 시절에 본 적이 있긴 했다.

하지만 잊힌 존재가 왜 잊힌 존재겠는가?

더 이상 존재하지 않는다고 생각될 만큼 모습을 감춘 지 오래되었기에 잊힌 존재가 된 것이다.

과거 아서왕이나 드래곤과 싸웠다는 바이킹의 전설로만 남아 있는 것이 대부분이었다.

그러다 보니 금방 흥미를 잃어버린 사이먼은 그것을 끝으로 다시는 예언서를 읽어본 적이 없었다.

물론 직접 겪고 눈으로 본 것만 믿는 마법사들의 현실적인 성격도 예언서를 멀리하게 된 이유이기도 했다.

그런데 그 멀게만 느껴지던 잊힌 존재가 돌아왔다.

설마 이런 예언이 실현될 것이라고는 생각해 본 적이 없었다.

사실 몇 백 년 전부터 마법사들은 더 이상 탐구하는 것을 멈춰 버렸다.

아니, 정확하게 말하면 탐구를 하긴 했지만 자신만의 개성과 마음에 따라 탐구하는 방향이 정해져 버렸다.

세상에 호기심을 가져야 하는 마법사들도 결국 과학과 편리라는 세상에 천천히 물들어 버린 것이다.

궁금한 것이 있으면 직접 책을 찾거나 실험을 하는 것이 아니라 인터넷이나 유명한 사람을 찾아가 조언을 구하는 것으로 해결했다.

그리고 마법의 힘으로 돈을 벌어서 편하게 살면서 원할 때 마법 실험을 할 수 있으니 조금씩 나태해지기 시작했다.

거기다 각국의 감시도 마나의 인도자들이 세상에 호기심을 가지게 되는 것을 막는 요인이기도 했다.

몇 백 년 동안 그것이 이어져 온 것이다.

그러다 보니 결국 마법사들 스스로 납득하면서 세상의 이면에 숨어들게 되었다.

결국 지금처럼 헨기스트를 제외하고는 이 예언서를 떠올릴 수 있는 마법사가 한 명도 없는 상황까지 온 것이다.

"그들이 믿어줄까?"

사이먼은 자신도 마법사이기에 마법사들이 예언 같은

것을 믿긴 하지만 그것을 신뢰하지 않는다는 것을 잘 알고 있었다.

그래서 헨기스트를 보면서 걱정스러운 표정으로 묻지 않을 수 없었다.

"나도 알고 있네. 그들은 나를 미쳤다고 하겠지."

사이먼은 헨기스트가 그것을 알고서도 전체 소집령을 내렸다는 사실에 놀란 표정으로 쳐다보았다.

"그래서 그분을 불렀네."

"헛! 설마 자네… 그분이 잊힌 존재라는 것을 알고서… 마나의 파동으로 그분을 불렀단 말인가?"

사이먼은 지금 헨기스트가 무슨 짓을 했는지 깨닫고 너무나 놀라서 멍하니 쳐다보기만 했다.

잊힌 존재.

드래곤의 존재를 알고서도 그를 오라고 불렀다는 것이다.

미친 짓이었다.

잊힌 존재가 나타난 지금 전설 속에 남아 있는 드래곤의 성격도 사실이라고 생각해야만 했다.

그리고 그것이 사실이라면 지금 헨기스트는 자신의 목숨을 걸어야 할 만큼 대단히 큰 실례를 한 것이나 마찬가지였다.

마법사가 드래곤에게 찾아오라고 마나의 파동을 보냈으니 말이다.

마나의 파동으로 상대를 부르는 것은 사실 마법사들끼리도 자신보다 높은 마법사에게는 절대로 해서는 안 되는 실례되는 행동이다.

잊힌 존재라면 오죽하겠는가?

아마 당장 이 자리에 나타나서 헨기스트를 땅바닥에 패대기치고도 남을 것이다.

"그렇다네. 그분이 모습을 보이지 않는 한 그들을 설득할 방법이 없으니까 말이야."

"끄응."

사이먼은 헨기스트의 말에 작게 신음을 흘릴 수밖에 없었다.

드래곤을 부르기 위해서 마나의 파동을 쓴 것은 확실히 미친 짓이다.

하지만 전체 소집령을 내린 헨기스트가 이곳에 모여들 마법사들을 설득할 방법이 잊힌 존재를 확인시켜 주는 것 외에는 없다는 것도 어쩔 수 없는 현실이었다.

예언서의 예언이 사실이 되는 조건이 잊힌 존재가 돌아오는 것이니 말이다.

즉 잊힌 존재, 드래곤인 재중이 모습을 보이지 않는다면 사실상 마법사들을 설득하는 것은 불가능하다는 게 문제였다.

그래서 헨기스트는 미친 짓인 줄 알면서도 마나의 파동을 써서 재중을 자극한 것이다.

"별수 없다는 것은 나도 이해를 하네만… 그분께서 과연 용서를 할지…….”

사이먼은 재중이 침착한 사람이라는 인상을 받긴 했다.

하지만 그건 겉모습일 뿐이다.

그 속에 어떤 본성이 숨어 있는지는 사이먼도 도저히 짐작할 수 없었다.

무엇보다 사이먼은 드래곤인 재중을 향해 뭔가 물어볼 수는 있지만 해답을 알려달라고 요구할 수는 없는 위치였다.

지구의 마법도 드래곤으로부터 시작되었다는 전설이 재중의 등장으로 사실로 확인된 셈이니 말이다.

마나가 희박해서 마법의 단계를 올리는 것이 무척이나 힘든 지구다.

이곳 지구에서 마나로만 회오리를 일으키는 존재에게 무슨 배짱으로 덤비겠는가?

아마 마법을 사용해 보기도 전에 고깃덩이가 될 것이다.

보통의 인간에게는 반신(頒神)으로 생각될 만큼 엄청난 힘을 가진 5서클 마법사가 말이다.

　그만큼 사이먼이 재중에게 느낀 힘의 차이는 끝이 없었다.

Chapter 08
예언서

재중귀환록

"예언 때문이라……."

"……!"

"……!"

헨기스트와 사이먼은 갑자기 들린 목소리에 놀라서 뒤돌아보았다.

그리곤 산책 나온 사람처럼 편안한 모습으로 자신들을 쳐다보고 있는 재중을 확인했다.

"이렇게 빨리 다시 만나게 될 줄은 몰랐군요, 사이먼, 헨기스트."

벌을 줄 때는 재중도 철저하게 상대를 낮게 생각해서 반말을 한다.

하지만 그것이 끝나면 연륜을 생각해서 적당히 존대를 해주는 편이다.

지금 사이먼과 헨기스트를 향해서 하듯 말이다.

뭔가 조금 이상한 논리이긴 했지만, 재중 스스로가 그렇게 한다는데 어쩌겠는가.

본인 마음이었다.

"위대한 존재시여!"

"위대한 존재시여!"

사이먼과 헨기스트는 누가 먼저랄 것도 없이 곧바로 재중을 향해 엎드려 절을 했다.

"그만 일어나세요. 어차피 전 그런 것을 좋아하지 않는다고 말했습니다."

찌릿!

재중이 살짝 눈에 힘을 주면서 백발의 노인이 엎드린 모습에 한마디 하자,

"네, 위대한 존재시여."

후다닥!

사이먼은 곧바로 대답하고는 일어섰다.

그런데 먼저 일어나려고 움직인 것은 사이먼인데 어째

서인지 헨기스트가 먼저 일어섰다.

마치 군기가 바짝 든 이등병처럼 말이다.

씨익~

재중이 그런 헨가스트의 모습에 작게 미소를 보이자,

오싹~

헨기스트는 자신도 모르게 온몸에 식은땀이 흐르는 것을 느꼈다.

"헨기스트, 당신은 내가 누군지 알면서도 마나의 파동으로 저를 불렀더군요. 그렇지 않나요?"

부드럽게 말하면서 표정은 웃고 있다.

하지만 헨기스트에게는 지금 재중의 웃음이 마치 지옥에서 악마가 미소 짓는 것을 보고 있는 듯한 느낌이 들었다.

"위대한 존재시여, 불경하게 저희가 저지른 짓은 벌을 받겠습니다. 하지만 이것을 보시고 그 뒤에 벌을 내려주십시오."

헨기스트가 재중 앞에 바짝 얼어 있는 모습에 결국 사이먼이 그의 손에서 예언서를 뺏다시피 하여 재중 앞에 내밀었다.

"이것이 그 예언서인가 보군요."

재중은 이미 예언서에 관한 이야기를 들은 참이다.

눈앞에 있는 낡은 가죽으로 만들어진 양피지 책을 받아서 천천히 읽기 시작했다.

"⋯⋯?"

그런데 첫 장을 넘기자마자 재중은 고개를 갸웃거릴 수밖에 없었다.

재중이 알고 있는 역사적인 큰 사건이 기록되어 있고, 년도와 날짜, 거기다 시간까지 쓰여 있다.

그리고 양피지 가죽을 넘길수록 그 내용이 더욱 선명해지고 있었다.

"사이먼, 이 책이 만들어진 시기가 언제입니까?"

양피지의 가죽 상태만 봐도 오래되었다는 것을 알 수 있지만, 재중은 혹시나 해서 사이먼에게 물었다.

"정확한 년도는 저희도 알지 못합니다. 보존마법이 걸려 있기 때문에 탄소 연대 측정도 사실상 무용지물입니다."

"하긴."

가죽이 지금까지 남아 있을 리가 없다.

그런데 이건 낡긴 했지만 글자를 읽을 만큼 상당히 멀쩡한 상태로 남아 있었다.

그렇다는 것은 마법적으로 무언가 조치를 취했다는 것이다.

다만 그 때문에 과학적으로 연대 측정을 하는 탄소 연대 측정을 해도 소용이 없다는 것이 문제였다.

"하지만 몇 대를 걸쳐서 내려온 예언서입니다. 최소 저희는 500년 이상을 예상하고 있습니다."

"셰프."

사이먼의 말을 들은 재중이 갑자기 셰프를 부르자,

―네, 재중 님.

"……!!"

"……!!"

재중과 마찬가지로 셰프도 갑자기 허공에서 모습을 드러냈다.

마치 허공의 문을 열고 나오듯 말이다.

"이거 연대 측정 가능할까?"

재중 자신은 마법을 사용할 줄 모르기에 셰프에게 묻자,

―가능합니다.

셰프는 제중에게 넘겨받은 양피지 책을 자신의 테블릿 위에 올려놓더니 무어라 주문을 외웠다.

그러자 테블릿 위로 양피지 책이 떠올랐다.

번쩍!

순간 양피지에 걸려 있던 보존마법이 해지되어 버렸다.

"헉!! 그걸 해제해 버리면… 책이……."

사이먼은 양피지 책에 걸린 보존마법이 무효화되는 것을 느끼고는 다급히 한마디 했으나,

찌릿!

재중과 눈이 마주치자 그대로 입을 다물어 버렸다.

아무리 양피지 예언서가 중요하다고 하지만 재중의 눈빛을 감당할 순 없었다.

반면 재중은 이런 모습을 보고는 속으로 한숨 섞인 웃음을 흘렸다.

'마법사가 탐구를 멈추면 마법은 진리를 찾는 길이 아닌, 그저 마나를 움직이는 도구가 되어버리는 것을 잊어버렸군. 쯧쯧쯧.'

마법사가 호기심을 제어하는 순간, 마법은 더 이상 진리를 탐구하는 용도로서의 능력을 잃어버릴 수밖에 없다.

그리고 재중은 지금 사이먼의 모습을 보니 어째서 오랜 역사를 가진 마나의 인도자들이 겨우 5서클에서 멈춰 있는지 이해가 되었다.

자신의 안위가 최우선이 되었으니 발전이 없는 것은 당연했다.

반면 그런 사이먼과 헨기스트와 달리 라스푸틴을 생각하면 확실히 그놈은 천재가 확실했다.

비록 그는 자신의 욕망에 빠져 타락한 흑마법사이긴

했다.

하지만 최소한 지금 눈앞의 이 멈춰 버린 마나의 인도 자들과는 달리 앞으로 나아가고 있었으니 말이다.

─재중 님, 끝났습니다.

"그래?"

재중은 마법을 해제하고 양피지의 연대 측정을 한 세프의 모습에 고개를 끄덕였다.

─우선 말씀드리자면, 이 가죽은 인간의 가죽입니다.

"그래? 하긴 과거 중국도 인간의 가죽으로 책을 만들긴 했지."

지금 양피지 예언서가 인간의 가죽으로 만들었다고 해서 딱히 놀랍거나 혐오스럽지는 않았다.

중국에서는 이미 인간의 가죽으로 책을 만들었다.

그리고 그걸 동인도 회사라는 무역회사가 영국으로 가져오기도 했다.

조금 의외이긴 했지만 신기해할 일은 아니었다.

─1,100년으로 추정됩니다.

"그래?"

─그때쯤 존재하던 인간의 특성이 가죽에 나타난 것을 보면 거의 근사치일 확률이 높습니다, 재중 님.

세프는 이미 5,000년 가까이 지구에 살아온 경험이 있는 존재였다.

막연히 상상력을 동원해서 연대 측정을 한 것이 아닌 것을 알고 있는 재중은 고개를 끄덕였다.

스팟!!

세프는 양피지에 다시 보존마법을 걸어서 사이먼에게 넘겨주었다.

"설마… 이분도… 잊힌 존재이십니까?"

사이먼은 방금 주문도 외우지 않고 양피지에 보존마법을 건 세프를 보고 놀란 표정으로 물었다.

"세프는 아니야. 정확하게 말하자면 엘프지만."

"헉!! 설마 위대한 존재에 이어 엘프까지 나타났다는 것은……."

사이먼은 드래곤인 재중에 이어 요정이자 드래곤과 함께 잊힌 엘프까지 모습을 드러냈다는 것에 심하게 충격을 받았다.

예언이 실현되는 조건이 확실하게 갖춰졌으니 말이다.

*　　　*　　　*

"종말이라……."

재중은 예언서의 내용을 나름 해석한 사이먼과 헨기스

트의 말을 듣고는 자신도 모르게 피식 웃었다.

종말이라니?

1999년도 아니고 그걸 믿는 사이먼과 헨기스트가 왠지 불쌍해 보이기까지 했다.

하지만 재중과 달리 사이먼과 헨기스트는 절박했다.

적중률 100%의 예언서라는 것은 이미 사이먼과 헨기스트가 지금까지 살아오면서 확인했다.

즉 잊힌 존재가 돌아오면 파멸의 존재도 돌아온다는 예언이 사실일 확률은 상당히 높았다.

하물며 드래곤인 재중이 마나의 인도자들 앞에 나타난 데다 엘프인 세프까지 모습을 드러냈다

상황이 이러니 이미 헨기스트와 사이먼은 무조건 종말이 온다고 믿고 있는 눈빛이었다.

—재중 님.

'응?'

바로 옆에 있는데도 세프가 뇌리로 직접 말을 걸자 재중이 이상하다는 반응을 보였다.

—어쩌면 저들의 예언 사실이 될지도 모릅니다.

'응? 갑자기 그게 무슨 말이야?'

뜬금없이 세프가 사이먼과 헨기스트 편을 들자 재중이 고개를 돌려 쳐다봤다.

—저의 마스터이신 크레이온 올드 세이라 님이 차원을 넘어 지구에 오신 것은 재중 님도 알고 있는 사실입니다.

'그거야 그렇지.'

재중도 차원을 넘어 대륙을 갔다 왔으니 당연했다.

그런데 세프가 갑자기 그 말을 하는 이유를 몰라 재중이 물끄러미 쳐다보았다.

—이대로 50년 뒤에 저의 마스터이신 크레이언 올드 세이라 님이 대륙으로 돌아가신다면 다음에 이곳에 올 존재는 어떤 존재일까요?

'응? 갑자기 그게 무슨 말이야? 세라 님이 대륙으로 돌아가는데 왜 다른 존재가 이곳 지구로 온다는 거지?'

재중은 크레이언 올드 세이라가 본래 자신의 고향인 대륙으로 넘어간다는 것까지는 충분히 이해하고 있었다.

하지만 이어서 뜬금없이 그녀가 돌아가고 다른 존재가 다시 지구로 온다는 세프의 말은 쉽게 이해가 되지 않았다.

아니, 이해할 수 없다는 표현이 정확했다.

애초에 지구는 드래곤이 존재할 이유가 없는 곳이었으니 말이다.

—5,000년 전, 마스터께서 이곳에 넘어오셨을 때 다른 존재가 있었다고 말씀하셨습니다.

'……!'

재중은 순간 놀란 눈으로 세프를 쳐다봤다.

크레이언 올드 세이라가 지구로 오기 전에 이미 그전에 누군가가 그녀를 대신해서 자리 잡고 있었다는 말은 금시 초문이었다.

'그게 누구지?'

재중이 차분하게 가라앉은 눈빛을 하고 세프를 쳐다보자, 세프 역시 침착하게 말을 이었다.

―그는 저희에게 자신이 하늘이라고만 했습니다.

'하늘?'

―네, 인간들이 부르는 이름이 제각각이지만 스스로는 하늘이라고 지칭한다고 했으니 하늘이 맞을 겁니다.

'……'

하늘이라니?

재중의 표정이 굳어지는 것은 당연했다.

하늘이라는 말을 듣는 순간 가장 먼저 떠오른 것이 천주교에서 말하는 하느님이었으니 말이다.

하늘과 임이라는 발음이 합쳐져서 하느님이 된 것이다.

즉 세프가 말한 하늘이라는 존재가 천주교에서 말한 하느님일 수도 있다는 것이다.

'세프.'

―네, 재중 님.

'그는 신이었나?'

재중이 진지하게 묻자,

―아닙니다. 그도 저의 마스터와 같이 신의 부름을 받고 지구로 왔다고 했습니다. 그러니 신은 아닙니다. 저의 마스터께서도 하늘이라는 존재가 신은 아니라고 말씀하셨습니다.

'그럼 뭐지?'

재중은 셰프의 말을 듣다가 순간 뇌리에 번쩍하는 것이 있었다.

스스로 하늘이라고 지칭해 소개했다는 것을 깜빡한 것이다.

누군가에게 하늘이라고 불린 것이 아니라 스스로가 자신을 하늘이라고 말했을 뿐이다.

평범한 사람도 자신이 슈퍼맨이라고 생각하고 말하고 다니면 그냥 슈퍼맨이 되는 것이다.

남이 인정하든 안 하든 그건 상관이 없었다.

자신이 그렇게 생각하고 지칭하면 되는 문제였다.

―조금 이상한 것은 그 하늘이라는 존재가 저의 마스터가 인간의 모습으로 변신한 상태였는데도 정확하게 위대한 존재라는 것을 알아챘다는 것입니다.

'인간의 모습인데 단번에 알아봐?'

—네, 당시 저의 마스터께서는 차원을 막 넘은 상태라 마나가 거의 보통의 인간과 비슷한 상태였습니다. 그걸 생각하면 확실히 특이한 존재인 것 같습니다.

'마나가 극도로 떨어진 인간 모습의 드래곤을 알아봤다? 있을 수 있는 일인가?'

재중은 셰프의 말을 들으면서 자칭 하늘이라는 존재에 대해 생각해 봤지만 역시나 전혀 갈피를 잡을 수가 없었다.

'직접 물어보면 되겠지.'

결국 재중은 직접 만났다는 크레이언 올드 세이라에게 물어보기로 했다.

'그런데 그것과 파멸의 존재가 온다는 게 무슨 상관이지?'

—밀접한 상관이 있습니다.

'그래?'

—그 하늘이라는 존재가 이런 말을 한 적이 있습니다. 본래 저의 마스터께서 지구로 오는 것은 100년 뒤라고 말입니다. 하지만 지구의 인간 중에 어떤 녀석이 마스터가 빨리 지구로 오도록 소환했다고 했습니다.

'소환? 마나가 이렇게 희박한 지구에서 다른 차원의 드

래곤을 소환한다는 게 가능할 리가 없을 텐데?'

재중도 테라의 도움을 받으면 흑마법의 하급 마족이나 하급 악마 정도는 소환마법을 사용할 수는 있긴 했다.

하지만 드래곤이라면 차원이 달랐다.

드래곤은 반신의 존재이다.

즉 반은 어느 정도는 신에 가까운 힘을 가진 존재라는 뜻이다.

그런데 그런 드래곤을 인간이 소환해서 원래 와야 될 날짜보다 100년이나 빨리 오게 했다는 것을 재중으로서는 쉽게 믿을 수가 없었다.

자신도 베르벤이 준 차원이동 스크롤이 없었다면 아직도 대륙에 있었을 것이다.

그만큼 차원을 넘는다는 것은 극도로 힘든 일이었으니 말이다.

─재중 님, 이건 모든 것을 떠나서 이미 과거에 일어난 일입니다. 그리고 과거 저의 마스터께서는 100년이나 먼저 소환당해서 오셨습니다. 그렇다면 앞으로 남은 50년의 시간을 무시하고 당장 내일이라도 새로운 존재가 올 수도 있지 않겠습니까?

'……'

재중은 순간 세프의 말에 반박할 수가 없었다.

이해를 떠나서 이미 과거에 크레이언 올드 세이라가 그렇게 지구로 넘어 왔다.

그건 재중이 인정하고 말고의 문제가 아니었다.

과거의 일이니까.

하지만 그 과거의 사실이 지금 재중에게 새로운 변화를 이야기하고 있었다.

과거에 자칭 하늘이라는 존재가 지구에 있었다고 한다. 그리고 그 존재는 100년 뒤에 자신이 돌아갈 날을 기다리고 있었다.

그런데 어느 날 갑자기 100년이나 남은 상황에 크레이언 올드 세이라가 나타난 것이다.

자신을 대신해서 지구에 있을 존재로 말이다.

한마디로 하늘이라는 존재가 해야 할 일을 크레이언 올드 세이라가 이어받은 셈이다.

자칭 하늘이라는 존재가 말한 대로 누군가 인간 중에 크레이언 올드 세이라를 소환해서 100년이나 일찍 왔다는 것을 믿을 수는 없었다.

하지만 이미 일어난 일이라고 하니 인정한다면, 크레이언 올드 세이라가 대륙으로 돌아가기 위해서 남은 시간 50년도 결코 안전한 시간이 아니라는 말이 된다.

'셰프.'

―네, 재중 님.

'최소 5서클 흑마법사가 소환할 수 있는 존재는 무엇이
있지?'

재중의 머릿속에서 수많은 생각이 복잡하게 얽히다가
문득 라스푸틴이 떠올랐다.

사이먼과 동문 사제라고 했으니 최소 5서클이다.

아니, 영혼을 옮겨 다니면서 경험과 새로운 육체로 인해
어떤 변수가 생겼을지 모른다.

하지만 우선 최소 5서클로 잡고 흑마법사가 소환할 수
있는 존재에 대해서 물었다.

―지구와 대륙의 상황을 고려해 보면… 최소 인간에 빙
의하는 악마 수준입니다.

'최대로는?'

―…….

갑자기 입을 다물어 버린 세프의 모습에 재중이 눈동자
를 쳐다보자,

―…흑마법사가 자신을 제물로 삼고 동시에 몇 명일지
모르지만 인간 제물까지 포함한다면… 마왕 바알까지 소
환 가능합니다.

'젠장!!'

재중은 그제야 왜 라스푸틴이 그토록 꺼림칙했는지 이

해가 되었다.

드래곤의 본능이 라스푸틴이 위험하다고 계속 알린 이유가 바로 이것 때문이었다.

마나의 인도자들과 흑마법사는 그 위험함의 정도가 달랐다.

비단 흑마법사는 공격력이 강한 마법을 사용하기도 하지만, 정말 흑마법사가 무서운 것은 바로 소환마법 때문이었다.

특히 차원의 틈을 벌려서 이계의 존재를 소환하는 마법을 사용하는 흑마법사는 대륙에서도 무조건 척살 대상이었다.

이유는 소환마법을 사용하기 위해서는 무조건 살아 있는 제물을 필요로 하기 때문이다.

즉 하찮은 하급 악마를 소환하더라도 살아 있는 생명을 죽여서 제물로 바쳐야 하는 것이 바로 흑마법의 소환술이었다.

거기다 최소 5서클인 흑마법사 라스푸틴을 생각하면 상황이 생각 이상으로 심각해질 수도 있었다.

Chapter 09
인생 꼬이다

재중귀환록

"사이먼, 현재 라스푸틴의 경지가 어느 정도인지 짐작하십니까?"

재중이 입을 다물고 가만히 있기에 사이먼과 헨기스트는 생각에 잠긴 줄 알고 입을 다물고 있었다.

그러다가 갑자기 재중이 물었음에도 침착하게 대답했다.

"저희도 정확하게는 알지 못합니다. 하지만 라스푸틴이 영혼이동을 하고 남은 육체를 살펴본 결과 6서클로 짐작하고 있습니다."

'최악이다.'

5서클 흑마법사도 상황이 난감한데 최소 6서클이라고 하니 최악의 상황에 놓인 셈이다.

졸지에 재중이 지구의 멸망을 막아야 할지도 모르는 상황에 놓여 버린 것이다.

'아, 정말 내 인생은 왜 이리 꼬이는 거지.'

어린 시절부터 뭔가 평탄하게 풀린 적이 없었던 재중의 인생이다.

그나마 드래곤이 되고 나서는 나름대로는 어느 정도 풀리는 듯했는데 뜬금없이 지구 멸망이라는 핵폭탄급 사건이 터진 것이다.

재중으로서는 정말 짜증이 날 수밖에 없었다.

'조용히 좀 살고 싶다는데 왜 도와주질 않는 거냐! 왜? 빌어먹을!'

상황이 이렇게 돌아가는 이상 재중은 싫어도 어떻게든지 라스푸틴을 빨리 처리해야만 했다.

아차 하는 순간 연아가 지옥에서 살아갈지도 모르는 상황이다.

혹시라도 라스푸틴이 바알을 소환하지 않지 않을까 하는 생각 따위는 재중의 머릿속에 있지도 않았다.

설마가 사람 잡는 법이다.

그리고 설마가 모든 큰 사건의 발단이 되기도 한다.

무엇보다 제자까지 자신의 안전을 위해서 서슴없이 죽여 버리는 라스푸틴이다.

그가 바알을 소환하지 말라는 법은 없었다.

그래서인지 오늘은 재중이 자신의 인생이 더럽게 꼬였다는 것을 오랜만에 떠올리는 서글픈 날이었다.

*　　*　　*

재중 님.

'응?'

ㅡ저는 마나의 인도자들과 손을 잡고 함께 움직일 것을 권해 드립니다.

사실 재중도 그런 생각을 하지 않은 것은 아니었다.

하지만 워낙에 혼자 다니는 것이 습관이 되어 있다 보니 재중은 옆에 누가 있다는 것이 거추장스러웠다.

그나마 흑기병과 테라의 경우 재중과 함께 움직이다가 따로 떨어져도 충분히 이겨낼 만큼의 능력이 있으니 다행이다.

하지만 마나의 인도자들은 냉정하게 말해서 현재 재중에게 짐이나 마찬가지였다.

5서클의 마법사 재중의 중력 제어도 버티지 못했다. 그 정도가 아니라 마법사가 마법 사용에 생명이나 마찬가지인 서클 링에 금이 갔다.

그 실력은 재중에게 실망만 줄 뿐이었다.

허약한 마법사가 100명이든 1,000명이든 무력적으로는 재중에게 도움이 될 리 없었다.

하지만 지금 재중에게는 인해전술이 가장 필요했다.

꽁꽁 숨어 있는 라스푸틴을 찾아내기 위해서는 혼자서는 몇 년이 걸릴 수도 있었다.

처음 계획은 조용히 뒤에서 기다리다가 마나의 인도자들이 라스푸틴을 찾게 되면 단번에 처리할 생각이었다.

하지만 뜻하지 않게 양피지 예언서로 인해 재중도 본격적으로 마나의 인도자들과 함께 라스푸틴을 찾아야 하는 상황이 된 것이다.

물론 귀찮은 일을 정말 싫어하면서도 결국 나서는 이유는 지구에서만큼은 대륙에서의 죽고 죽이는 전쟁이 벌어지는 것이 싫었기 때문이다.

"사이먼, 헨기스트의 말대로 제가 존재를 드러내면 다른 자들이 예언을 믿을 거라고 확신하십니까?"

재중은 별수 없이 헨기스트 말대로 자신의 존재를 드러내기로 했다.

하지만 드러낸다고 상대가 순순히 믿느냐면 그것은 또 다른 문제였다.

"확률이 높을 뿐 100% 전원이 위대한 존재를 믿지는 않을 것입니다. 특히 아직 서클이 낮은 견습이나 하급, 중급 마법사들의 경우에는 존재감을 드러낸다고 해도 힘의 차이를 느끼지 못할 가능성이 높습니다."

"……."

확실히 사이먼의 말도 일리가 있었다.

하룻강아지 범 무서운 줄 모른다는 말이 그냥 나온 것이 아니다.

상대의 역량이나 힘을 감지하는 것도 어느 정도는 경지에 올라야 가능했다.

최소 상급인 4서클 정도는 되어야 한다.

3서클도 재중이 존재감을 드러내면 느낄 가능성이 있긴 하지만, 그건 가능성일 뿐이다.

상황이 이런데 그보다 낮은 2서클인 하급과 1서클인 견습은 오죽하겠는가?

아마 재중이 존재감을 드러내도 뭔가 무섭다는 정도일 뿐 아마 그것으로 끝날 가능성이 상당히 높았다.

"결국은 제가 힘을 보여야 한다는 거군요."

"네, 위대한 존재시여."

길게 돌려 말했을 뿐 그냥 '나 대빵 세다. 그러니 이걸 보고 믿어라' 는 식으로 무력시위를 해달라는 것이 사이먼의 요구였다.

드래곤이 존재감을 드러내도 모르는 마법사라니 정말 황당한 수준이다.

대륙이라면 으르렁거리기만 해도 왕국 하나가 들썩였을 것이다.

그런데 지구는 알아달라고 무력시위를 해야 할 판이라니.

만약 지금 이 얘기를 듣는 게 재중이 아니라 드래곤으로 태어난 크레이언 올드 세이라였다면 당장 이 자리에서 브레스를 뿜어 싹 태워 버렸을지도 몰랐다.

아니, 거의 99% 확률로 그랬을 것이다.

자존심에 죽고 사는 드래곤이다.

하지만 재중은 인간에서 드래곤이 된 특이한 케이스이다 보니 그 정도는 아니었다.

물론 그렇다고 기분이 나쁘지 않다는 것은 아니다.

뭔가 머리로는 이렇게 해야 한다고 이해하지만, 끓어오르는 가슴은 이해하지 못한다고나 할까?

아무튼 지금 재중의 심리 상태가 딱 그랬다.

몸과 머리가 따로 노는 듯한 이상한 기분이다.

*　　　*　　　*

한편 시간이 다가옴에 따라 모여든 마법사들이 하나둘씩 자리를 잡기 시작했다.

"무슨 일이지?"

"그러게."

"전체 소집은… 거의 몇 백 년 만에 처음이지?"

"그렇지. 사실 우리는 각자 자신만의 길을 걸어가는 것이 당연한 마법사니까 말이야."

이미 스톤헨지 뒤쪽, 예전부터 마나의 인도자들이 모임 장소로 쓰던 낡고 허물어진 성의 지하로 사람들이 모여들기 시작했다.

거의 성이었다는 것만 겨우 알 수 있을 만큼 심하게 허물어진 곳이다.

하지만 어째서인지 마나의 인도자들은 이곳을 수리하거나 새로 지을 생각을 하지 않았다.

그냥 바람과 비에 허물어지는 그대로 두고 지켜보았다.

물론 마나의 인도자들이 게으르거나 돈이 없어서 그런 것은 아니었다.

처음 이곳에 성을 짓고 마나의 인도자들을 키운 초대

조사가 절대로 성에 손을 대지 말라고 했기 때문이다.

초대 조사에게도 의도가 있었다.

나중에 시간이 흘러 이렇게 시간과 자연의 힘에 의해 천천히 무너지는 성의 모습을 보고 후대 마법사들이 순리 대로 움직이는 것이 얼마나 위대한 것인지 깨달았으면 하는 마음에서 그런 것이다.

물론 지금에 이르러서는 그걸 이해하는 마법사가 전혀 없다는 것이 슬픈 일이이다.

어찌 되었든 초대 조사의 말을 잘 따르고 있는 마법사들이긴 했다.

이 성 자체가 전체 소집 명령이 떨어져야 그나마 사람의 발자취를 느낄 만큼 왕래가 거의 없다 보니 자연스럽게 잊히고 있는 것일지도 몰랐다.

"제가 입문하고는 처음입니다."

아직 견습마법사로 보이는 젊은 남자는 뭔가 중요한 일이 생길지도 모른다는 기대감과 함께 살짝 떨리는 불안함도 함께 보이고 있었다.

사실 마나의 인도자라고 하면 겉으로 보이는 세상에서는 아는 사람이 거의 없지만 세계의 뒤편에서는 킬러들마저도 무조건 물러난다는 말이 있을 만큼 대단한 힘을 가진 존재들이다.

그런 힘을 가진 마법사들을 모두 불러 모은다는 것은 무언가 세상에 중대한 변화가 생길 수도 있다는 의미였다.

이곳에 모여드는 마법사들은 삼삼오오 모여서 왜 소집 명령이 떨어졌는지 추측하는 이야기로 바빴다.

세계대전이 벌어졌을 때도 마나의 인도자들은 소집된 적이 없었다.

히틀러가 마나의 인도자의 존재를 알고 영국을 폭격했던 적도 있었다.

하지만 그때조차도 자신들의 힘이 세상을 움직일 수 있는 힘이란 걸 알고 오히려 꽁꽁 숨어 있던 마법사들이다.

"사이먼 님이다."

"헨기스트 님도 있어."

약속한 시간이 되자 마나의 인도자들이 모두 모였고, 정확한 시간에 사이먼과 헨기스트가 모습을 드러냈다.

"응? 그런데 왜 사이먼 님과 헨기스트 님뿐이지?"

"그러게."

전체 소집 명령을 받은 마법사가 다 모였는데 정작 마나의 인도자들을 이끄는 6인 중에 달랑 두 명만 모습을 드러냈다.

마법사들이 고개를 갸웃거리며 웅성거리기 시작했다.

절대적인 규칙 중의 하나인 무조건 집합한다는 것이 깨

어진 셈이다.

"사이먼 님, 다른 분들은 아직 도착하지 않으셨습니까?"

가장 앞에서 나름 4서클로 상급마법사에 속하는 50대로 보이는 남자가 사이먼에게 물었다.

"지금 다른 네 명은 배덕자를 찾아서 어쩔 수 없이 참석하지 못했다는 것을 알립니다."

사이먼의 입에서 배덕자라는 말이 나오자 순식간에 마법사들의 웅성거림이 사라졌다.

이들도 알고 있는 것이다.

마나의 인도자를 이끄는 수장 자리에 있는 6인이 그토록 찾아 헤매는 배덕자가 누구인지 말이다.

"알겠습니다."

질문을 한 마법사도 배덕자를 찾고 있다는 말에 바로 수긍했다.

그것을 보면 확실히 마나의 인도자들 사이에서 배신자를 찾는 것이 가장 최우선 순위에 있는 듯했다.

어느 정도 마법사들의 시선이 모이고 집중하자 사이먼이 살짝 뒤로 물러나고 헨기스트가 앞으로 나섰다.

"그럼 6인의 한 명으로 이렇게 몇 백 년 만에 비상소집을 내리게 된 이유를 말하겠소."

헨기스트가 별다른 설명도 없이 바로 본론으로 들어가자 마법사들이 그의 말에 집중했다.

"예언이 시작되었소."

"......?"

"......?"

웅성웅성, 웅성웅성.

뜬금없이 예언이 시작되었다고 말하자 조용하던 마법사들은 다시 웅성거리기 시작했다.

하지만,

짝!

헨기스트가 강하게 박수를 한 번 치자 언제 그랬냐는 듯 다시 조용해졌고, 그제야 다시 말을 잇는 헨기스트였다.

"마나의 길을 걷는 분 중에 예언서를 못 보신 분은 없다고 생각되오."

"그거야 그렇습니다."

"저도 견습 시절 사본을 본 적이 있습니다만."

헨기스트가 뜬금없이 마나의 길을 걷기 시작할 때 대부분 한 번쯤은 읽게 되는 과거 조사님 중 한 분이 썼다고 알려진 예언서를 얘기하자 다들 알고 있는 듯 한마디씩 했다.

짝!

헨기스트는 마법사들의 특성상 토론을 좋아한다는 것을 너무나도 잘 알고 있다.

문제는 그렇게 한번 토론이나 논의가 시작되면 끝이 없다는 것이다.

헨기스트는 그것 또한 알기에 또다시 강한 박수로 흐름을 끊고는 말을 시작했다.

"그럼 잊힌 존재가 돌아오면 파멸의 존재도 돌아올 것이라는 예언을 기억하는 분이 있을 것으로 생각되오. 안 그렇소?"

헨기스트는 나직하지만 뒤쪽에 있는 마법사들의 귀에도 선명하게 들리도록 마나를 실어서 말했다.

끄덕끄덕.

헨기스트의 말을 듣고 나서야 그런 예언이 있었다는 것이 기억난 듯 예언서를 한 번이라도 읽은 마법사들이 고개를 끄덕였다.

그 반응을 본 헨기스트는 짧지만 이번에는 좀 더 강하게 마나를 실어서 말했다.

"그 예언이 시작되었소."

"······."

"······."

한순간 적막이 흘렀다.

마법사는 머리가 나쁘거나 이해력이 떨어지면 될 수가 없는 존재이다.

그러다 보니 이곳에 모여 있는 마법사 중에 지금 헨기스트가 한 말이 무슨 뜻인지 알아듣지 못한 자는 없었다.

그런데 마법사들이 한마디 끝날 때마다 웅성거리면서 토론하던 모습을 찾아볼 수 없었다.

이 적막함의 이유는 믿지 않으려고 해도 지금까지 예언서의 적중률이 100%라는 것 때문이다.

하지만 그렇다고 믿으려고 해도 도무지 현실성이 떨어지는 것도 사실이었다.

이 두 가지 상반된 생각이 마법사 전원의 머릿속에 동시에 떠오르다 보니 토론할 여지가 없는 것이다.

기본적으로 좋아하는 토론이라도 생각의 정리가 끝나야 가능한 법이다.

머리가 복잡한 상태로는 말을 꺼내봐야 자신만 손해라는 것을 누구보다 잘 알고 있는 마법사들이었다.

그들은 동시에 생각을 정리하기 시작했다.

"말도 안 돼."

"잊힌 존재라면… 드래곤인데 설마…….."

그나마 4서클 정도의 상급마법사들은 어느 정도 머릿속

의 정리가 끝났는지 잠시 후 한마디씩 하기 시작했다.

웅성웅성, 웅성웅성!

순식간에 그 말이 퍼져 나가면서 드디어 열띤 토론이 시작되었다.

물론 토론의 대부분은 헨기스트가 무언가 착각했다는 쪽으로 무게가 실리고 있었다.

"헨기스트 님, 저희가 납득할 수 있는 증거가 필요합니다."

조금 전에 질문한 상급마법사가 헨기스트에게 지금 말한 예언의 증거를 보여달라고 굳은 표정으로 말했다.

"그러지 않아도 여러분이 직접 확인하게 될 것입니다. 잊힌 존재를."

헨기스트는 말과 함께 의미를 알 수 없는 미소를 짓고는 조용히 뒤로 물러났다.

Chapter 10
힘의 차이

재중귀환록

"동양인?"

"어린데?"

"저자가 왜 저기에 있는 거지?"

거창하게 예언이 시작되었다고 말한 헨기스트가 뒤로 물러나고 그 자리에 모습을 드러낸 것은 재중이었다.

재중을 본 마법사들의 반응은 크게 세 가지였다.

동양인, 젊다, 일반인이란 것이다.

사실 마법사들이 이렇게 반응하는 것도 당연했다.

재중에게서는 느껴지는 마나가 아무것도 없었으니 말

이다.

5서클의 헨기스트도 재중을 처음 만났을 때 완전히 제어한 마나를 눈치채지 못했었다. 겨우 눈치챈 것이 실컷 얻어맞고 난 뒤였다.

그러니 헨기스트보다 수준이 낮은 마법사들은 더 말할 것도 없었다.

그들이 재중이 마나를 제어하고 있다는 것을 안다는 것은 사실상 불가능했다.

"탐구와 진리를 버린 것들이 입만 살았군."

놀랍게도 재중이 마법사들의 면전에 대고 노골적으로 시비를 걸 듯 강하게 한마디 했다.

발끈!!

"뭣이라!!"

화아악!!

"건방진 동양인 같으니라고!!"

화아악!!

재중의 한마디에 이곳을 가득 채운 마법사 전원이 몸 안의 마나를 활성화시킨 듯 주변의 마나가 심하게 흔들리기 시작했다.

아무리 마나가 희박한 지구라고 하지만 거의 백 단위가 넘어가는 숫자가 모인 마법사다.

그들이 동시에 마나를 활성화시키면 영향을 받는 것은 당연했다.

휘리리릭!!

거기다 꽤나 흥분했는지 활성화된 마나의 영향으로 주변 공기의 흐름이 비틀리기 시작했다.

증거로 바람이 불지 않는 성안에 돌연 회오리가 생겼다.

씨익~

그런데 그런 마법사들의 흥분한 모습에도 재중은 오히려 입가에 미소를 지었다.

'수준이 너무 낮아.'

재중은 혹시나 하는 생각에 한번 도발해 본 거였다.

마법사들의 힘이 어느 정도나 되는지 알아볼 생각으로 노골적으로 마나의 인도자들의 아킬레스건을 건드린 것이다.

과거의 마나의 인도자들은 오로지 탐구와 진리를 향해 걸어가는 마법사가 대부분이었다.

그런데 갑자기 세계가 급속도로 산업화되면서 마법사들은 자신들의 마법적 지식이 돈이 된다는 것을 알게 되었다.

머리 좋고 이해력이 빠른 마법사들이 세상 돌아가는 것

에 자신의 힘이 도움이 된다는 것을 모른다는 것은 말이 되지 않았다.

그들은 하나씩 편안함과 현재에 안주해 마법은 수련했지만 더 이상 과거처럼 진리와 탐구의 길을 걷는 마법사는 남아 있지 않게 되었다.

한마디로 마법사들도 적당히 세상과 타협하면서 자신의 욕심을 채우기 시작했다는 것이다.

물론 그런 편안한 삶을 얻은 대신 마법사라면 끝까지 가야 할 길을 잃어버렸다.

그런데 재중이 그런 마법사들의 숨기고 싶은 상처를 직접 송곳으로 찔렀다.

"건방진!!"

그러다 보니 이런 반응은 너무나 당연했다.

스스로를 억지로 납득시키면서 숨겨오던 상처였다.

그걸 처음 보는 재중에게 직격으로 맞아버렸으니 아프지 않을 리가 없었던 것이다.

개중에 당장에라도 파이어볼을 만들어 재중에게 날리려는 듯 손에 마나를 모아들이면서 주변의 마나를 비트는 마법사도 있었다.

물론 다짜고짜 파이어볼을 던지진 않았다.

마법을 일반인에게 함부로 사용할 경우 그 대가가 상당

히 무겁다는 것을 너무나 잘 알고 있는 마법사들이다.

하지만 마법사도 사람이기에 잔뜩 흥분한 이상 어떤 돌발 상황도 벌어지지 말라는 법은 없었다.

그렇게 언뜻 일촉즉발의 상황이 만들어졌다.

파이어볼 한 방이 웬만한 RPG를 넘어서는 파괴력을 가지고 있다.

특히나 파이어볼은 특성상 맞고 난 다음 폭발과 불꽃에 대부분의 데미지를 입는다

그것까지 생각하면 일반인에게 파이어볼은 거의 재앙이나 다름없었다.

전술적으로 마법사 열 명이면 걸어 다니는 사단 병력이라는 말이 그냥 나온 게 아니다.

1서클 견습마법사만 되어도 기본적으로 파이어볼을 사용하는 것이 가능했다.

"자존심은 남아 있나 보군. 발끈하는 것을 보면."

화르르륵!

가뜩이나 흥분한 마법사들에게 재중이 조롱하는 말까지 던졌다.

그러자 결국 손에 파이어볼을 만들려고 마나를 모은 마법사들이 한순간에 파이어볼을 완성해 버렸다.

화르르륵!

아무것도 없는 손바닥 위에 둥근 불꽃이 소용돌이치면서 춤을 추는 장면은 정말 하나의 예술을 보는 듯했다.

그러나 그게 자신에게 곧 날아올지도 모른다고 생각하면 당연히 끔찍한 일이다.

그때,

딱!

재중의 손가락이 튕기면서 경쾌한 소리가 울렸다.

푸슛, 푸슛푸슛!

순식간이다.

파이어볼을 완성해서 금방이라도 재중에게 던질 것처럼 노려보던 마법사들의 손바닥이 허전해진 것이다.

"뭐, 뭐야!!"

"디스펠!!"

뒤쪽에 있는 견습마법사들은 갑자기 자신이 만든 파이어볼이 마치 바람에 촛불이 꺼지듯 힘없이 사라진 모습에 당황스러운 듯 우왕좌왕했다.

하지만 앞쪽에 있는 마법사들은 조금 달랐다.

최소 3서클 이상만 모여 있는 앞쪽의 마법사들은 본능적으로 느낀 것이다.

자신의 파이어볼을 만든 마나가 누군가에 의해 강제로 잘리듯 사라졌다는 것을 말이다.

그것이 마법이라는 것을 바로 알아챈 한 명이 '디스펠'
이라고 소리치자,

"설마… 디스펠은 최소… 6서클일 텐데……."

그랬다.

방금 파이어볼이 갑자기 꺼진 순간, 나름 중상급에 있는
마법사들은 모두 놀람을 감추지 못했다.

상대의 마법을 강제로 무효화시키는 마법인 디스펠은
바로 6서클 마도사급의 마법이라는 것 때문이다.

디스펠은 이미 완성된 마법을 파고들어 마나 배열을 끊
어버리는 것이다.

사실상 지금 이곳에 있는 마법사들도 이야기만 들었을
뿐 실제로 경험한 적이 없는 고 서클 마법이었다.

그런데 재중은 그렇게 충격에 휩싸인 마법사들이 생각
을 정리할 시간도 주지 않았다.

재중이 조용히 오른손 손바닥을 위로 향한 채 앞으로
내밀더니 갑자기 손바닥을 뒤집었다.

쿵!!

재중은 그저 손바닥을 뒤집었을 뿐이지만, 결과는 엄청
난 광경이 만들어냈다.

퍽!!

털썩!!

"쿨럭!!"

"끄어억!!"

갑자기 전쟁터를 방불케 하는 비명 소리가 난무하더니 멀쩡히 서 있던 마법사 전원이 땅을 향해 몸을 숙였다.

"버텨라!!"

누군가 중력이 갑자기 강해졌다는 것을 눈치챈 듯 소리쳤다.

화아악!!

천천히 마나를 활성화시키면서 엎어졌던 사람이 일어서기 시작했고, 무릎을 꿇었던 사람도 일어서기 시작했다.

씨익~

하지만 재중은 그들이 자신의 중력 제어를 견디고 일어섰다고 판단하고 손을 살짝 밑으로 내렸다.

쿵!!

그러자 마법사들은 방금 전까지 자신을 누르던 중력의 두 배를 받아들이게 되었다.

털썩!!

철퍼덕!!

"쿨럭!!"

약한 이들 중에는 각혈을 하는 마법사부터 얼굴이 하얗

게 질린 마법사까지 다양했다.

물론 뒤쪽에 견습마법사는 이미 땅바닥에 개구리처럼 납작 엎드린 모습으로 살아 있다는 것을 알리려는 듯 바동 거리고 있었다.

"쯧쯧, 버텨봐야 자신들만 손해일 텐데."

헨기스트는 뒤쪽에서 재중이 백여 명이 넘는 마법사 전 원에게 중력 제어를 사용해 찍어 누르는 모습을 지켜보고 있었다.

그는 질렸다는 듯 고개를 혼들었지만 말과는 달리 입으로는 웃고 있었다.

마치 자신이 당한 것을 너희들도 당해보라는 표정으로 말이다.

그런데 아무리 나태한 삶을 살아가는 것에 익숙해진 마법사라고 해도 마법사는 마법사인 듯했다.

중력 제어 속에서 버티면서 어떻게든 이겨내려고 용을 는 마법사가 재중의 눈에 띄었다.

'썩어도 준치라 이건가?'

재중은 아직 근성이 남은 몇몇 마법사를 보면서 그래도 약간의 희망은 있다는 생각이 들었다.

하지만 지금 중력에 눌려서 바동거리는 마법사들은 알고 있을까?

지금 이것은 겨우 테스트의 시작 단계일 뿐이라는 것을 말이다.

재중은 아직 드래곤 특유의 드래곤 피어도, 드래곤 아이도 사용하지 않았다.

오로지 재중이 드래곤의 피를 받아들이면서 생긴 능력 중의 하나인 마나의 밀도를 극도로 높여 원하는 곳에 원하는 강도로 중력을 조절하는 정도만 사용했다.

하지만 너무나 압도적인 마나의 제어력과 물량 공세에는 어쩔 수 없었다.

재중은 마음먹기에 따라 웬만한 작은 도시 하나 정도는 한순간에 땅속으로 사라지게 할 수 있었다.

"조금 더 근성을 보여주시죠, 마나의 인도자분들."

재중은 몇몇이 버티는 듯 발악하자,

스윽~

다시 손바닥을 조금 더 아래로 내렸다.

쿠쿵!!

그러자 이번에는 강도가 두 배가 아닌 갑자기 네 배로 올라가 버렸다.

단계별로 단계가 올라가는 것이 아니라 한순간에 감당하기 힘든 엄청난 중력의 힘이 내리눌렀다.

결국 끝까지 버티던 상급마법사들도 개구리처럼 땅바

닥에 찰싹 붙어서 바둥거리며 살아 있다는 신호를 보내는 신세가 되어버렸다.

그런데 이상했다.

이곳에 있는 마법사 전원이 땅바닥에 널브러졌는데 재중은 중력의 힘을 거둬들일 생각을 하지 않았다.

"꺼르륵!"

기어코 재중의 압력에 견디다 못해 기절하는 마법사들이 속출하기 시작했다.

"…사이먼, 위험한 거 아니야?"

헨기스트는 재중이 적당히 무력시위를 하고 나서 풀어줄 것으로 생각했다.

자신도 그렇게 버티다가 중력을 풀어주고 딱밤을 먹이긴 했지만, 결과적으로는 재중의 능력을 깨닫는 데 성공했다.

"꺼르륵!! 꺼륵!!"

그런데 지금은 뭔가 이상하다고 느끼기 시작했다.

벌써 뒤쪽에 있는 견습은 진작 기절했고 2서클의 하급도 거의 다 기절했다.

그리고 방금 3서클의 중급도 기절하기 시작했다.

'설마… 설마… 아니겠지?'

헨기스트는 재중이 중력 제어를 멈추지 않는 모습에 불

현듯 무서운 생각이 들었다.

재중이 마음에 들지 않는 마법사들을 지금 여기서 모두 이대로 압사시켜 죽여 버릴지도 모른다고 말이다.

드래곤이 변덕이 심하고 자기중심적이라는 전설상의 고증을 생각하면 충분히 가능성이 있었다.

헨기스트가 다급히 사이먼을 쳐다보았다.

뚝, 뚝.

사이먼도 헨기스트와 같은 생각을 했는지 식은땀을 흘리면서 온몸이 바짝 긴장된 모습이었다.

"사이먼, 말려야 되지 않겠나?"

헨기스트가 나직하게 묻자.

"위대한 존재를… 우리가 무슨 수로 막는단 말인가? 그분의 손짓 하나에 이미 수백의 마법사가 땅바닥에 널브러진 모습을 보고서."

마치 직접 하라는 듯 헨기스트를 쳐다보았다.

"어쩔 수 없지."

이번에 마법사들을 불러 모은 것이 헨기스트였다.

그러니 죽든 살든 지금의 위험해 보이는 상황을 막을 의무가 있는 것도 헨기스트 본인이었다.

"위대한 존재시여, 더 이상은 저들이 버티지를 못할 겁니다."

헨기스트는 이마에 땀을 흘리면서 잔뜩 긴장한 표정으로 재중에게 말했다.

"알고 있어요."

재중은 오히려 헨기스트가 말하지 않아도 이미 알고 있다는 듯 너무나 간단하게 대답했다.

하지만 헨기스트의 입장에서는 발등에 불이 떨어진 것이나 마찬가지였다.

만약 재중이 이대로 중력을 조금만 더 높여도 이곳은 시체만 남게 될 것이다.

"위대한 존재시여, 저들이 비록 지금은 마음에 들지 않더라도 미래를 보셔야 합니다."

더 이상 지체할 수 없다는 생각에 소맷자락이라도 붙잡고 막으려는 듯 빠르게 재중에게 다가갔다.

아니, 다가가려고 발을 움직이기는 했다.

하지만 헨기스트는 움직일 수가 없었다.

"내가 알아서 합니다. 그냥 있으세요."

멈칫!

조용한 목소리였다.

하지만 그 말에 실려 있는 힘과 박력은 명령이나 마찬가지였다.

그런 재중의 말이 귓가에 들리는 순간, 헨기스트는 마치

누군가 움직이는 그를 리모컨으로 정지시킨듯 움직임이
멈춰 버렸다.

헨기스트는 왜 몸이 움직이지 않는지 도무지 이해가 가
지 않았다.

겨우 눈을 마주쳤을 뿐이다.

'드래곤 아이!!'

헨기스트는 재중과 눈을 마주쳤을 뿐인데 자신의 몸이
제어력을 잃고 재중이 원하는 대로 멈춰 버린 것을 의아히
여겼다.

하지만 잠시 후 예전에 책에서 읽은 드래곤 아이가 떠
올랐다.

드래곤 아이는 호랑이가 약한 동물을 눈빛만으로 기를
죽여 버리는 것과 비슷한 원리를 갖고 있었다.

다만 드래곤 아이는 상대의 몸을 원하는 대로 제어할
수 있다는 것이 많이 다른 힘이었다.

"걱정하는 일은 벌어지지 않아요."

헨기스트가 걱정하는 게 뭔지 알고 있다는 듯한 말이
들려왔다.

그제야 그는 자신이 서둘렀다는 것을 깨달았다.

처음부터 믿고 부탁을 했으면 믿어야 했다.

하지만 상황이 자신의 예상에서 크게 벗어나기 시작하

자 결국 조바심에 움직이고 말았다.

재중이 노여워하지 않는다는 것이 천만다행한 상황이
었다.

"꺼르륵!! 꺼륵!!"

하지만 이 순간에도 압력에 견디지 못하고 기절하는 마
법사는 계속 늘어나고 있었다.

"크읍……."

결국 아무것도 하지 못하는 헨기스트는 더 이상 보기
싫은 듯 눈을 감아버렸다.

"꺼륵!! 꺼륵!!"

마지막까지 버티던 상급마법사마저도 하나도 남김없이
기절해 버렸다.

그제야 재중이 천천히 손을 내리면서 마법사들을 짓누
르던 힘이 사라졌다.

털썩!

동시에 헨기스트를 얽매고 있던 힘도 사라졌다.

헨기스트는 갑작스런 자유에 앞으로 쏠리듯 넘어지긴
했지만 곧바로 일어섰다.

"위대한 존재시여, 꼭 이렇게 해야만 했습니까?"

헨기스트는 마법적으로 프라이드가 강한 마법사들을
처참하게 기절시킨 재중의 행동에 너무했다는 표정으로

말했다.

"훗, 지금 저기 기절한 자들이 마법사라는 이름을 달고 살 자격이 있는지 오히려 제가 묻고 싶군요."

"…그, 그것은……."

헨기스트는 재중의 날카로운 한마디에 뭐라 대답하려고 했지만 딱히 변명할 말이 없었다.

결국 그러다 보니 5서클의 마법사답지 않게 말이 꼬여 버렸다.

"더 이상 앞으로 나가는 것을 포기한 자가 대부분이군요."

"……."

정확하게 짚어낸 재중에 말에 헨기스트는 고개를 숙일 수밖에 없었다.

언제부터인가 마나의 인도자들이 밖으로 나가고 싶어 하는 것을 막지 못했다.

결국 라스푸틴처럼 배덕자가 나올 것을 두려워한 6인의 수장은 마나의 인도자들을 세상에 놓아줘 버렸다.

적당한 규칙과 제약을 걸어서 세상에 끼치는 영향을 최대한 줄인 것이 그들이 할 수 있는 최대한이었다.

세상에의 영향을 줄인 것은 혹시나 모를 배덕자를 방지하기 위한 마지막 장치였다.

그런데 그것이 재중의 눈에는 최악의 선택을 한 것처럼 보였다.

"라스푸틴 하나로 인해 더 많은 것을 잃어가고 있었군요."

재중이 나직하게 한마디 하고는 오른발을 가볍게 들었다.

그리고 들었던 오른발을 내리찍자,

쾅!!

콰과과과캉!!

재중의 발에 찍힌 바위가 그대로 수십 조각으로 부서져 버렸다.

그러고도 충격이 사방으로 퍼져 나가더니 급기야 거의 형체만 남아 있던 성이 한순간에 허물어져 버렸다.

"컥!!"

이번에는 사이먼도 재중의 돌발 행동에 놀란 듯 황급히 다가왔다.

"위대한 존재시여, 분노를 거두어주십시오!"

사이먼은 뒤쪽에 있다 보니 재중의 표정을 보지 못했다.

그러다 보니 재중이 화가 나서 이곳을 무너뜨렸다고 생각하고 소리치면서 다가왔던 것이다.

하지만 그도 재중과 눈이 마주치자 걸음을 멈추었다.

"버릴 것은 과감하게 버리세요. 그러지 않으면 사라질 지도 모릅니다. 영원히 말이죠. 그리고 이들이 깨어나면 다시 연락 주세요. 괜히 마나의 파동을 써서 힘 낭비 하지 말고 MI6에 있는 린다 마릴 요원을 찾으면 됩니다."

그리고 재중은 더 이상 볼일이 없다는 듯 천천히 아직도 기절해 있는 마법사들 사이를 지나 밖으로 나가 버렸다.

Chapter 11
하늘

재중귀환록

"셰프."

—네, 재중 님.

"위성 풀어줘도 돼."

재중은 볼일이 끝났기에 셰프에게 말했다.

—알겠습니다.

셰프는 거의 애장품에 가까운 테블릿을 꺼내 몇 번 터
치하더니 순식간에 영국을 감시하던 위성의 제어를 다 풀
어버렸다.

삐익!!

증거로 린다 마릴의 통신기가 다시 작동하기 시작했다.

갑자기 통신이 두절되었다가 다시 되자 린다 마릴은 경과를 보고하기 위해 잠시 재중의 곁에서 떨어져 걷기 시작했다.

뭐 의미 없는 행동이지만 말이다.

재중의 귀에는 린다 마릴의 몸속에 심어진 통신기의 대화도 모두 들렸다.

지금 린다 마릴이 하듯 조금 떨어져 걷는 것은 의미 없는 행동일 뿐이었다.

"죄송해요, 재중 씨."

린다 마릴도 재중이라면 마법으로 충분히 내용을 들었을 것이라고 생각하지만 훈련된 습관은 어쩔 수 없었다.

그녀가 원한다고 해서 마음대로 할 수 있는 것이 아니었다.

"그보다 도대체 마나의 인도자들은 단체로 땅바닥에 누워서 뭐 하는 거죠?"

린다 마릴은 재중과 함께 오긴 했지만, 그들의 모임에 참석할 자격은 없었다.

그래서 어쩔 수 없이 가지고 온 특수 장비로 멀리서나마 몇 백 년 만에 있는 마나의 인도자들의 모임을 지켜보고 있었다.

그런데 재중이 나서자 갑자기 그 무시무시한 마법사들이 하나둘 쓰러지기 시작한 것이다.

그리고 그게 끝이 아니었다.

결국 몇 분 지나지 않아 재중과 재중 뒤에 있는 두 명을 제외하고는 마나의 인도자 전원이 땅바닥에 쓰러졌다.

그 뒤로 아직도 깨어나질 못하고 있는 것이다.

린다 마릴은 직감적으로 느낄 수 있었다.

저들을 저렇게 만든 것이 재중이라고 말이다.

믿을 수 없는 이적을 만들어내는 마법사들을 상대로 겨우 손짓 한 번으로 모두 땅바닥에 눕혀 버렸다.

린다 마릴은 재중의 능력이 너무나 황당하고 믿을 수가 없었다.

아마 특수 장비로 촬영한 영상을 MI6 본부에 보여줘도 아무도 믿지 않을 것이다.

하지만 린다 마릴은 자신의 느낌을 더욱 믿는 편이었다.

지금까지 작전 수행 중 이런 자신의 직감 때문에 목숨을 구한 적이 한두 번이 아니었다.

그녀는 막연한 직감이지만 재중이 저들을 모두 저렇게 만들었다는 것에 확신이 들었다.

"피곤했나 보네요."

"으음, 정말 그럴까요?"

재중의 대답에 무언가 의미심장한 표정을 지은 린다 마릴은 슬쩍 재중을 쳐다보더니 고개를 끄덕였다.

그냥 알아서 판단하겠다는 뜻이다.

반면 재중은 린다 마릴에게 딱히 숨기려고 그렇게 말한 것은 아니었다.

'하늘이라… 하늘이라…….'

그런 것을 신경 쓸 여력이 없이 재중의 머릿속에는 세프가 말한 하늘이라는 존재가 계속 맴돌고 있었으니 말이다.

그러다 보니 린다 마릴의 질문에는 아무렇지 않게 대충 둘러댄 것이다.

어차피 재중의 성격상 묻는다고 제대로 대답해 줄 리도 없지만 말이다.

"그보다 이제 커피 하우스로 돌아갈 거죠?"

스톤헨지에서 볼일이 다 끝났으니 다시 일행이 기다리고 있을 옥스퍼드에 있는 커피 하우스로 돌아갈 건지 물었다.

"저는 조금 늦을 거라고 말해주세요. 세프, 부탁해."

재중은 세프를 보면서 한마디 하고는 그대로 걸어가 버렸다.

"재중 씨, 어디 가요?"

마이페이스로 움직이는 재중의 행동 때문에 황급히 재중의 뒤를 따르려던 린다 마릴이다.

하지만 그녀는 몇 걸음 걷지 못하고 세프의 손에 잡혀 멈춰 서야만 했다.

―제가 데려다 드리죠.

"네?"

세프는 린다 마릴의 의견 따위는 상관없다는 듯 그대로 린다 마릴을 끌고 허공으로 움직였다.

쩌저적!! 쩌억!!

그러자 허공이 세로로 갈라지면서 두 사람을 삼켜 버렸다.

반면 혼자 걸어가던 재중은 결국 방향을 틀더니 근처 그림자가 있는 곳으로 사라져 버렸다.

*   *   *

"여~ 웬일이야?"

그림자 속으로 사라진 재중이 다시 모습을 드러낸 곳은 어쩌면 당연할 수도 있는 곳이다.

바로 지금 재중의 호기심을 풀어줄 수 있는 유일한 존

재인 크레이언 올드 세이라가 있는 섬이었다.

"세라 님, 세프에게서 하늘이라는 존재에 대해 들었습니다."

"쩝, 결국 들었구만."

크레이언 올드 세이라는 재중이 하늘을 언급하자 결국 알아내고 말았다는 표정으로 잠시 재중을 보았다.

그러더니 이내 앞장서서 걷기 시작했다.

"따라와. 이야기가 길어질지도 모르니까."

"네."

그렇게 크레이언 올드 세이라를 따라 섬의 유일한 저택으로 들어간 재중이 소파에 앉자 물었다.

"뭐 대충 세프에게 듣긴 했지?"

어차피 그녀도 재중을 최대한 지원하라는 명령을 내렸기에 언젠가는 재중이 하늘이라는 존재를 알게 될 것이라고 생각은 했다.

물론 이렇게 빨리 알게 될 줄은 몰랐다.

"네, 세라 님이 지구로 넘어오기 전 먼저 와서 지구를 지켜보던 존재라고 하더군요."

"뭐 간략하게 축약하면 맞는 말이야."

크레이언 올드 세이라가 고개를 끄덕이자 재중은 가장 궁금하던 것을 물었다.

"하늘이라는 존재, 도대체 정체가 무엇입니까?"

아무리 세프가 크레이언 올드 세이라의 오른팔이고 재중을 아낌없이 돕도록 명령을 받았다고 해도 기본적으로 가디언이기에 어쩔 수 없이 생기는 제약이 있을 수밖에 없었다.

동시에 직접 대면한 크레이언 올드 세이라와 달리 세프는 전해 들었다고 했으니 가장 확실한 건 직접 본인에게 듣는 것이었다.

"궁금해?"

그런데 크레이언 올드 세이라는 오히려 장난스러운 표정을 지으면서 재중을 물끄러미 쳐다보더니 일어서서 재중의 옆에 앉았다.

"음, 이미 지구를 떠난 과거의 존재인데 왜 그렇게 관심을 가질까? 후후후훗."

마치 고양이가 앞에 장난감을 놓고 톡톡 건드리듯 재중을 향해 웃음을 흘리는 그녀의 모습에 재중은 똑바로 쳐다보면서 다시 물었다.

"어떤 존재였습니까? 어쩌면 세라 님이 지구를 떠나는 시간이 더 빨라질 수도 있습니다."

"쳇, 재미없어, 아무튼."

크레이언 올드 세이라는 자신이 이렇게 노골적으로 유

혹해도 눈 하나 깜짝하지 않는 재중의 모습에 흥미가 떨어진 듯 한소리 했다.

하지만 금방 다시 본래 자신의 지정석으로 돌아가 앉더니 재중을 향해 오히려 물었다.

"내가 일찍 가게 된다면 넌 나를 따라 대륙으로 갈 의향은 있어?"

"현재는 없습니다."

크레이언 올드 세이라는 자신의 질문을 칼로 잘라 버리듯 바로 거절한 재중에 짜증난 표정을 지었다.

하지만 그녀는 곧 표정을 풀고 대답해 주기 시작했다.

"그 자칭 하늘이라는 녀석, 타이탄이야."

"타이탄?"

"그래, 거인족인 타이탄. 지구의 신화를 살펴보면 타이탄에 대해서 언급한 것이 꽤 많지 않아?"

"그야 그렇습니다."

재중은 하늘이라는 녀석이 타이탄이라는 말에 너무나 의외라서 잠시 멍한 표정으로 생각에 빠졌다.

"하긴 나도 그 타이탄을 보고 놀랐으니까 넌 오죽하겠니. 후후훗."

재중이 반응했다는 것 자체만으로 재미있는지 크레이언 올드 세이라는 재중이 생각을 정리할 때까지 가만히 기다려 주었다.

마치 인형을 전시해 놓고 지켜보는 듯 말이다.

웬만해서는 재중이 반응하는 일이 흔하지 않다 보니 은근히 재중이 반응할 때마다 즐기기 시작한 크레이언 올드 세이라였다.

"대륙에도 타이탄이 있습니까?"

재중은 그녀가 타이탄이라는 것을 알아봤다면 당연히 대륙에서 본 적이 있지 않나 싶은 마음에 물었다.

"아니, 대륙에는 타이탄이 없어. 정확하게는 존재해서는 안 되는 거지만 말이야."

"네? 그게 무슨 뜻입니까?"

"후후후훗, 재중, 우리 드래곤이 어떤 존재지?"

드래곤의 존재를 묻는 클레이언 올드 세이라의 질문에 재중은 생각할 것도 없이 바로 대답했다.

"전 중재자라고 생각합니다."

재중도 원래는 인간이든 아니든 결국 대륙에서 반쯤 드래곤이 되어서 드래고니안을 처리했다.

의도하지 않았든 대가를 받고 했든 어쨌든 재중은 이미 대륙에서 영웅으로 칭송받았다.

하지만 결과적으로 지금 생각해 보면 재중이 대륙에서 한 것은 중재자의 역할이다.

드래곤이 해야 할 일을 재중이 대신했으니 말이다.

"맞아. 그런데 드래곤을 만든 대륙의 신이 타이탄을 또 만들 이유가 없잖아. 안 그래?"

"…타이탄도 결국 드래곤과 같은 존재라는 말이군요."

"딩동~ 맞아. 어디의 어떤 차원의 신이 만든 존재인지는 모르지만, 아마 드래곤인 재중도 직접 봤으면 바로 느낌이 왔을걸. 신이 만든 중재자들은 굳이 말하지 않아도 서로 느낌으로 알 수 있으니까"

즉 크레이언 올드 세이라가 오기 전까지 지구에 있으면서 지켜보던 타이탄이라는 존재는 또 다른 차원에서 넘어왔다는 말이다.

"인간들의 신화에 나오는 신들 중에 하늘을 떠받치는 거인의 이야기가 있지? 그리고 중국에도 태초에 거인이 하늘과 땅을 분리시켰다는 신화가 있고, 그 외에도 의외로 거인이 태초에 생명을 만들고 세상을 만들었다는 유사한 내용의 신화가 전 세계적으로 많다는 것이 왠지 이상하지 않아?"

그리고 보면 확실히 거인에 대한 신화는 필수적으로 각 나라마다 있었다.

그리스 신화처럼 인간을 빗대어 만든 신은 특정 지역에만 있지만, 하늘을 들어 올릴 정도로 큰 거인에 대한 신화는 이상하리만큼 전 세계에 거의 대부분 있었다.

그것도 내용이 신기할 만큼 일치하는 부분도 많았다.

하늘을 떠받칠 만큼 크고 대단한 힘을 지닌 거인이란 부분이 말이다.

"설마 그 타이탄이 지금의 지구가 될 수 있는 기틀을 만든 존재라고 생각하십니까?"

크레이언 올드 세이라가 은근히 풍기는 뉘앙스를 이해한 재중이 나직이 물었다.

"그건 나도 몰라. 난 중간에 왔으니까 말이야."

말로는 모른다고 하지만, 재중이 보는 크레이언 올드 세이라의 눈동자는 이미 재중이 원하는 답을 해줬다는 말하고 있었다.

"프로메테우스가 생각나는 대답이군요."

신화에서는 인간에게 불을 준 대가로 매일 독수리에게 간을 쪼아 먹히는 형벌을 받은 프로메테우스.

하지만 재중이 말한 프로메테우스는 인간의 기원이 외계의 생명체에서 시작되었다는 내용의 영화였다.

묘하게 일치하는 부분이 있었다.

타이탄과 프로메테우스가 말이다.

"재중."

"네, 세라 님."

"넌 정말 나와 함께 대륙으로 가지 않을 거야?"

크레이언 올드 세이라도 알고 있었다.

재중이 단 한 번도 그녀와 함께 대륙으로 넘어간다고 정확하게 말한 적이 없다는 것을 말이다.

그저 두루뭉술하게 구렁이 담 넘어가듯 대답을 회피한 재중의 행동을 드래곤인 그녀가 모를 리 없었다.

"아직 연아가 안전하다는 보장이 없으니까요."

재중이 오로지 지구에 얽매이는 이유는 연아 하나뿐이었다.

그래서 연아의 안전이 그 무엇보다 중요했다.

하지만 그런 재중의 모습을 본 클레이언 올드 세이라는 드래곤이 되었지만 역시나 인간을 버리지 못하는 재중의 모습에 쓴웃음을 지었다.

"차라리 이곳으로 데려오지 그래. 이곳은 필요한 것은 모두 준비가 되어 있어. 그리고 이 지구가 혜성이 날아와서 쪼개지지 않는 한 절대적으로 안전한 곳이기도 하고 말이야."

지도에도 없는 섬, 동시에 결계로 보호되고 있는 섬이다.

그뿐인가?

재중도 크레이언 올드 세이라의 허락 없이는 들어올 수

없는 섬이기도 했다.

논리적으로만 생각하면 정말 연아를 이곳에 데려다 놓으면 절대적으로 안전할 것이다.

그런데 그럼 끝인가?

연아의 인생은 어떻게 되겠는가?

재중은 연아가 자신의 인생을 살면서 안전하기를 원했다.

물론 원인을 따져보면 결국 재중이 문제이긴 했다.

"너도 참 복잡하게 사는구나."

오죽하면 크레이언 올드 세이라가 이런 말을 할까 싶을 정도이다.

한데 그런 재중의 모습을 가만히 지켜보던 그녀는 이상한 결론을 내렸다.

"재중."

"네, 세라 님."

"어쩌면 네게 연아라는 동생이 있기에 인간성이 너의 속에 잠들어 있는 드래곤의 본능을 누르고 있다는 생각은 들지 않아?"

"네?"

재중은 한 번도 생각해 본 적이 없는 것이었다.

하지만 크레이언 올드 세이라의 말을 듣고서 잠시 생각

해 보니 확실히 스스로가 봐도 좀 이상하긴 했다.

특히 완전한 각성을 시작되었을 때 드래곤의 피와 재중의 인간성이 거의 일주일 밤낮을 싸운 적이 있다.

물론 재중의 인간성이 이겼으니 지금의 재중이 있는 것이긴 했다.

하지만 완전하게 이긴 것도 아니었다.

연아가 교통사고를 당했을 때, 재중의 정신력이 약해졌다고 느끼는 순간 재중의 피 속에 잠들어 있던 드래곤의 피가 잠깐이나마 깨어난 적이 있으니 말이다.

한마디로 재중에게 인간적인 모습을 유지할 수 있는 핵심이 뜻밖에도 연아일 수도 있었다.

"그럴지도. 하지만 어차피 저는 접니다."

재중은 드래곤이 되었어도 자신은 선우재중이라는 생각에는 변함이 없었다.

여기서 태어나 자랐으니 말이다.

"그보다 세라 님."

"왜? 더 궁금한 것이 있어?"

크레이언 올드 세이라는 재중이 궁금한 것이 하늘이라는 타이탄으로 생각했는데 그것 외에도 더 있다는 것을 느낀 듯 재중을 쳐다보았다.

"세라 님을 소환한 인간이 누구인지 알 수 있습니까?"

"……."

크레이언 올드 세이라는 재중의 질문에 잠시 표정이 살짝 굳어지는 듯하더니 한숨을 내쉬었다.

"에휴, 재중은 보면 이상한 곳에서 날카롭게 파고드는 경우가 많아. 지금처럼."

뭔가 재중이 묻지 않았다면 말하기 싫어서 하지 않았을 거라는 뉘앙스를 풍기는 크레이언 올드 세이라다.

그녀의 모습에 재중은 고개를 갸웃거렸다.

"우선 나도 누군지는 몰라."

"네?"

분명 소환되어 100년이나 일찍 지구로 왔다고 세프가 말했기에 재중은 설명이 필요하다는 눈빛을 보냈다.

"우선 나도 지금까지도 이해가 가지 않는 것 중에 하나니까 말이야. 우선 내가 일찍 온 것은 맞아. 나보다 먼저 있던 타이탄이 자신이 돌아갈 날이 100년이나 남았다고 했으니 그건 거의 확실해. 하지만 지구의 누가 나를 소환했는지는 알 수가 없어."

"어떻게 그럴 수 있죠?"

소환은 말 그대로 다른 곳에 존재를 데려오는 것이다.

그리고 소환이 성공했다는 것은 그 자체만으로도 계약이 성공했다는 뜻이다.

보통 알려진 대로 소환을 하고 나서 계약을 해야만 한다는 식의 정보는 그저 픽션일 뿐이었다.

상식적으로 말이 안 되는 상황이다.

자격과 능력이 되니까 소환된 것이다.

그런데 막상 소환되고 나서 계약을 또 따로 한다? 그건 이중계약이나 다름없었다.

한마디로 보통 흑마법사가 악마를 소환하고 나서 계약을 또다시 하는 것은 그냥 악마들이나 마족들의 장난에 놀아나는 것이나 마찬가지였다.

애초에 자격과 능력이 없으면 소환이 성공할 수 없다는 전제 조건이 있기 때문이다.

악마가 왜 악마이고 마족이 왜 마족이겠는가?

그만큼 인간을 가지고 놀며 속이니까 악마이고 마족인 것이다.

그런데 드래곤인 크레이언 올드 세이라를 소환했는데 정작 소환당한 그녀는 누가 소환했는지 알지를 못한다고 하니 이해가 될 리 없었다.

소환이 성공하면 자동 계약이 이뤄져 싫어도 크레이언 올드 세이라는 소환자를 느낄 수 있다.

"그러니 나도 모르는 거야. 물론 완전히 말이 되지 않는 것도 아니니까."

"그래요?"

"그래, 우선 나를 소환하다가 소환에 성공하고 나서 바로 죽어버리는 경우가 보통 이런 경우에 해당돼."

"아……."

재중은 크레이언 올드 세이라의 말을 듣고서야 전혀 생각지 못한 것을 느꼈다.

정말 말 그대로 턱걸이할 만큼 조건을 갖춰서 소환에 성공했을 경우도 있으니 말이다.

"그리고 두 번째는 그럴 일은 없겠지만, 나를 소환한 소환자가 소환을 성공하고 나서 바로 계약을 어기는 거지."

"계약을 깨지면 돌아가야 되는 거 아닌가요?"

소환은 계약이 핵심이다.

그래서 계약이 깨지면 당연히 자동으로 역소환되는 것으로 알고 있던 재중이 물었다.

"후후훗, 아직 인간들은 모르고 있지만, 뭐 마족이나 악마들, 그리고 일부 나와 비슷한 반신의 존재들은 다 아는 내용이니까 말해도 상관은 없겠지."

"……?"

"소환 계약이라는 건 일종의 증빙 서류 같은 거야. 그런데 계약이 파기 되는 경우는 암묵적으로 소환 계약이 취소되는 것이기에 역소환되는 것이 맞아. 하지만 소환자가 일방적으로 계약을 어기는 경우는 이상하게 발동이 돼."

"이상하게 발동되다니?"

"소환자가 계약 위반으로 소환할 때 치르기로 한 대가를 강제로 빼앗기지만 반대로 소환된 존재는 계약을 위반한 적이 없으니까 계속 이곳에 남아 있을 수 있다는 거지."

"설마……!"

재중은 크레이언 올드 세이라가 하는 말을 듣자마자 왜 대륙에서 마족이 소환된 뒤 계약을 또 하는 것인지 바로 알아차렸다.

한마디로 소환 후 한 계약을 진짜로 소환자에게 인식시켜 놓은 뒤 마족만 아는 진짜 계약 조건을 어기게 만들려는 목적인 것이다.

그리고 지금에 와서야 재중이 대륙에서 딱 한 번이지만 마족을 만난 적이 있었던 이유가 설명되기도 했다.

드래고니안이 활개치고 다니는 세상이 끝나자마자 어찌 된 일인지 마족 하나가 어슬렁거렸다.

당연히 마족이기에 소환자가 있어야 했는데 뜻밖에도 그 마족은 혼자였다.

그 누구의 명령도 받지 않고 스스로 생각하고 행동했다.

물론 그 행동이 인간의 영혼을 빨아먹는 짓이기에 바로 처리하긴 했지만, 그 당시에는 그냥 마족을 처음 봤다는 신기함에 중요한 핵심을 지금까지 전혀 모르고 있었다.

　"후후훗, 세프의 말을 들어보니 대륙에서 혼자 다니는 마족을 만난 적이 있다던데, 그 녀석이 바로 두 번째 조건을 충족시킨 경우야."

　"……."

　"하지만 난 좀 이상한 경우라서 큰 신경을 쓰지 않고 있어. 어차피 난 이곳에 올 예정이었는데 조금 일찍 온 셈치면 되거든."

　결과적으로 재중이 알고 싶어 한 것 중에 제대로 건진 것은 없다시피 했다.

　자칭 하늘이라는 존재가 전설 속의 타이탄이라는 것 외에는 사실상 별 의미 없는 껍데기에 불과하다는 것이다.

　"호호호훗, 실망하지 마, 재중. 어차피 이미 지나간 과거의 일이야. 그것도 거의 5천 년 전의 일이니까 이제 와서는 별 의미가 없는 셈이야."

　위로하는 듯하지만 그녀의 말을 들어보면 묘하게 짜증이 나는 재중이다.

　그렇기에 재중은 확신했다.

지금 크레이언 올드 세이라는 자신을 놀리는 중이라고
말이다.

정보를 주면서 그걸로 자신이 반응하는 것을 즐기는 것
이라고 생각했다.

―재중 님.

'응?'

재중은 갑자기 세프의 목소리가 들려와 움직임을 멈추
었다.

"쩝, 재미있었는데 끝나 버렸군."

재중을 놀리는 것은 클레이언 올드 세이라의 취미였다.

그러나 세프의 목소리가 들렸다는 것은 이제 그 시간이
끝났다는 의미였다.

크레이언 올드 세이라는 뭔가 아쉬운 듯한 표정을 지었
다.

―그리스에서 라스푸틴의 제자로 보이는 녀석을 발견
했다고 합니다.

'그래?!'

갑자기 날아온 희소식이다.

별로 기대하지 않고 있던 재중은 이렇게 빨리 다른 제
자의 흔적을 찾았다는 것에 그대로 벌떡 일어섰다.

"감사했습니다."

"응, 잘 가. 심심하면 또 놀러 오고."

물론 재중이 순수하게 심심해서 올 일은 없지만 나름 재중을 친근하게 대하는 크레이언 올드 세이라였다.

Chapter 12
그리스로

재중귀환록

"재중 씨."

재중이 크레이언 올드 세이라가 지내는 섬을 벗어나 옥스퍼드에 있는 커피 하우스에 도착하자 가장 먼저 반긴 것은 린다 마릴이었다.

"라스푸틴의 제자를 찾았다고 들었는데, 그리스 어디죠?"

"헐, 정말 정보가 빠르네요."

린다 마릴은 자신도 불과 몇 분 전에 사이먼으로부터 연락을 받아 알았는데 이미 들어올 때부터 알고 있는 재중을 보고는 혀를 내둘렀다.

어차피 자신이 알려줄 내용이긴 했지만, 왠지 손해 봤다는 느낌을 지울 수가 없는 린다 마릴이다.

하지만 재중이 핵심이었기에 이야기를 시작했다.

"그리스 테살리노키에서 발견했다고 사이먼으로부터 연락이 왔어요."

재중은 정확한 도시 이름까지 듣곤 곧바로 연아에게 다가갔다.

"오빠, 가는 거야?"

연아는 영국에 와서 재중과 제대로 같이 있어본 적이 없다는 것이 불만인 듯했다.

연아가 조금은 서글픈 눈동자로 재중을 쳐다보았다.

"미안하다. 하지만 그 녀석을 잡지 못하면 앞으로… 알지?"

"그거야 그렇지. 뭐 좀 외롭고, 서럽고, 서글프고, 가슴이 시리고, 슬프긴 하지만 난 오빠 동생이니까 괜찮을 거야."

"……."

아주 심하게 삐쳤다는 연아만의 표현이기에 재중은 어색하게 웃을 수밖에 없었다.

사실 두바이에 갔을 때도, 스페인에 갔을 때도 재중은

언제나 밖으로 나돌아 다니기만 했다.

물론 그래서 굵직한 큰일도 터뜨리긴 했지만 말이다.

하지만 연아는 그저 자신과 평범하게 여행을 즐겼으면 했다.

이번에는 왠지 그럴 수 있겠다고 내심 기대하고 있었는 데 막상 와보니 재중은 여전히 눈코 뜰 새 없이 바빴다.

스윽~

재중이 잔뜩 삐쳐 있는 연아의 머리를 쓰다듬었다.

"이번에는 이걸로 위로가 안 되네요, 오빠님."

재중을 쏘아보면서 강력하게 어필하는 연아였지만, 역 시나 재중이 양손으로 연아의 머리를 헝클어뜨리자,

"아악!! 감히 숙녀의 머리를 망치다니!"

"이곳에 있어라. 가능하면 이대로 호텔로 가서 좀 쉬도 록 하고."

말로는 쉬라는 거지만 위험하니 호텔에 안전하게 있으 라는 말이나 마찬가지였다.

연아는 한숨을 내쉬었다.

"조금만 참아. 최대한 녀석을 빨리 잡을 테니까."

"알았어. 별수 없지. 모두를 위해서니까."

결국 화를 풀고 마는 연아였다.

재중이 개인의 재미를 위해서 그러는 것이 아니라는 것

을 알고 있다.

"재중 씨, 저도 가면 안 되나요?"

하지만 천서영은 왠지 재중과 떨어지는 것이 왠지 싫은지 조르는 듯한 모습을 보였다.

"위험할 수도 있어."

재중은 조금의 과장도 없이 진심으로 말했지만 천서영은 이번에는 어째서인지 물러날 기미가 보이지 않았다.

그러자 기껏 달래놓았던 연아까지 벌떡 일어서더니 따라가겠다고 나섰다.

"안 돼!"

물론 재중은 연아만큼은 절대로 안 된다고 선을 그었다.

"왜? 더 이상은 나도 기다리는 것 못 참겠어. 그냥 같이 갈래."

하지만 이미 고집을 부리기 시작한 연아는 조금 전과 달리 단호해 결국 재중도 승낙할 수밖에 없었다.

여기서 연아와 말씨름하고 있는 동안에 라스푸틴의 제자 녀석이 숨어버릴 수도 있었다.

사실 위험도는 여기에 두고 가나 재중이 데리고 가나 큰 차이가 없었다.

굳이 위험할 수도 있는 곳에 데리고 가기 싫었던 것뿐

이다.

그리고 혹시나 모를 변수가 싫어 조금이라도 높은 확률에 기댔던 거였다.

"결정 났으면 서둘러 주세요."

재중의 승낙이 떨어지고 곧바로 밖으로 나가니 한국에서는 고급 외제차로 알려진 회사의 로고가 그려진 승합차가 대기하고 있다.

"공항에 사이먼 님과 헨기스트 님이 전용기에서 기다리고 있으니까 최대한 빨리 가야만 해요."

"전용기?"

"헐, 설마 또 타보는 건가?"

이미 스페인으로 갈 때 왕실 전용기를 한번 타본 적이 있는 연아는 괜히 기대가 되었다.

하지만 차에 타자마자 그런 기대를 품고 상상의 나래를 펼칠 여유가 1초도 없다는 것을 연아는 몰랐다.

"이거… 왜 이리 빨라?"

승합자가 시속 180㎞ 이상으로 시내를 질주하는 것을 본 적이 있는가?

그것도 대통령이 가는 것도 아닌데 신호등이 일제히 초록색으로 바뀌는 기적을 보면서 말이다.

"우욱! 오빠, 나 속이 울렁거려."

결국 연아는 멀미가 시작되었는지 신호가 오기 시작했고, 천서영도 별반 다를 게 없는 모습이었다.

"이리 와봐. 서영이 너도."

별수 없이 재중이 연아와 천서영의 손을 잡고 마나를 집어넣어 심하게 흔들린 마나의 균형을 바로잡아 주었다.

"대박! 괜찮아졌어!"

금방이라도 죽을 것처럼 멀미하면서 난리치던 연아가 순식간에 멀쩡해졌다.

천서영도 표정이 돌아온 것을 보면 좋아진 듯했다.

그런데 그렇게 두 사람이 좋아지는 것을 지켜본 린다 마릴이 재중을 쳐다보더니 머뭇거리며 말했다.

"저도 좀……."

"괜찮은 거 아니었어요?"

내색하지 않고 있던 린다 마릴이 슬쩍 손을 내미는 모습에 재중이 물었다.

"그냥 견디는 거지 이런 속도로 시내를 날아다니는 차에 어떻게 적응하겠어요?"

"하긴."

아무리 고도의 훈련을 받았다고 해도 직접 운전하는 것이 아닌 이상 꺾는 구간이 많은 시내에서 180㎞는 무시무시할 수밖에 없다.

한동안 같이 다니면서 이렇게 필요할 때마다 도움을 줄 사람이기에 재중이 별수 없이 그녀의 손을 잡고 마나를 흘려보냈다.

곧바로 표정이 밝아진 린다 마릴이다.

물론 요원답게 천서영이나 연아와 달리 마나의 흔들림이 적어서 바로잡는 것이 쉬웠다.

끼이익!!

"도착했어요."

출발하고 30분 만에 공항에 도착하자 린다 마릴은 먼저 내려 재중 일행의 앞에 서서 걸음을 옮겼다.

그 순간 연아는 또 한 번 모세의 기적을 보았다.

금속탐지기, 검색대, 탑승 대기 등등 모조리 올 패스였다.

검문? 검색?

그딴 게 뭐란 말인가?

린다 마릴이 앞장서서 신분증을 보여주니 그걸로 모든 게 끝나 버렸다.

그렇게 거의 1분도 되지 않는 시간에 공항을 통과해서 전용기 전용 탑승장으로 나가자 헨키스트와 사이먼이 기다리고 있었다.

그런데 재중을 본 사이먼과 헨키스트가 90도로 고개를 숙이면서 큰 소리로 인사하려고 하자, 재중은 순식간에 앞으로 튀어나가 그런 둘의 행동을 막아섰다.

"MI6 요원 앞에서는 저를 그냥 잘 아는 사람 정도로 대하시면 됩니다. 위대한 존재라느니 하는 극존칭은 삼가세요."

"네? 하지만… 어떻게 그런 불경을……."

사이먼은 재중이 적당히 알아서 대해달라는 말에 놀라 눈을 부릅떴다.

하지만 힘없는 마법사는 따를 수밖에 없다.

"그럼 어떻게 불러 드려야 할지……."

"그냥 재중 씨라고 하세요."

재중은 어차피 자신의 호칭은 뭐라 부르든 상관없기에 대충 평범하게 부르라고 했다.

하지만 사이먼과 헨키스트는 도저히 드래곤인 줄 아는 재중에게 재중 씨라고는 하지 못하겠다는 표정을 지었다.

"그럼 그냥 셰프처럼 재중 님이라고 하세요."

결국 일행이 가까이 다가오자 재중이 한발 물러나서 타협을 보았다.

"네, 재중 님."

"알겠습니다, 재중 님."

그들은 대답하면서 또다시 90도로 인사하려고 했다.

"멈추세요."

"아, 죄송합니다."

"실수를……. 죄송합니다."

"오빠, 무슨 이야기를 그렇게 길게 해?"

역시나 말이 길어지다 보니 연아가 재중의 바로 뒤까지 왔다.

"아니야. 그냥 안으로 들어가자고 말하는 중이야."

"응? 그럼 바로 타면 돼?"

연아는 스페인 왕실 전용기는 별의별 검사를 다 거친 것을 생각하고 주변을 둘러보았지만, 그 흔한 금속탐지기를 든 사람 하나 보이지 않기에 물었다.

"그냥 타시면 됩니다, 연아 님."

사이먼은 재중의 동생에게도 님 자를 붙여 말했다.

"어머, 저에게 님이라니요. 그냥 연아라고 불러주세요. 호호호호!"

태어나 처음으로 누군가가 자신을 위해준다는 느낌을 받은 연아는 기분이 좋은지 웃으면서 말했다.

그 짧은 순간 사이먼은 재중과 눈이 마주쳤다.

끄떡~

그리고 재중의 허락이 떨어지자 말을 이었다.

"알겠습니다, 연아 양. 그럼 우선 오르시죠."

"호호호호! 네~"

그렇게 잠깐의 해프닝이 벌어졌지만, 전용기는 곧바로 공항을 벗어나 그리스로 향했다.

하지만 뭔가 시작부터 이상하게 삐걱거리기 시작했다.

"뭐, 공항이 파업?"

사이먼은 기장이 전한 말을 듣고서 잠시 인상을 찡그렸지만, 자신들은 전용기였기에 다시 물었다.

"우리가 내리는 것은 문제없겠지?"

"네, 사이먼 님. 저희는 이미 그리스 공항 쪽에 신고를 해놓은 상태이기에 착륙하면 곧바로 빠져나갈 수 있게 조치를 취해놓았습니다.

"알겠네."

그리고 기장과 이야기를 마친 사이먼이 자리로 돌아와 그리스 공항이 파업 중이라고 전하자,

"역시 유럽 채권단의 구제금융 여파입니까?"

재중이 나직하게 물었다.

"네, 아무래도 국가 부도 사태는 벗어났다고 하지만…… 판매 세금을 13%에서 23%로 갑자기 올리는 바람에 벌써부터 잡음이 쏟아지고 있는 중이라고 합니다."

말은 국가 부도를 벗어났다고 하지만, 사실상 지금 그리스는 국가 부도가 아직도 진행되고 있는 것이나 마찬가지였다.

물건을 살 때마다 세금 13%를 내다가 갑자기 23%를 낸다고 생각해 보라. 가계 부담이 엄청날 수밖에 없다.

그런데 더 웃지 못할 일은 바로 지금 그리스가 자신의 국가에 소속된 섬을 팔고 있다는 것이다.

이미 세계적으로 유명한 투자자나 돈 많은 사람들이 구입하고 있는 실정이었다.

돈이 없어서 국가가 섬을 팔다니 정말 최악의 상황까지 몰려 있는 것이 현재의 그리스였다.

"재중 씨."

그런데 린다 마릴이 그리스 상황이 조금 심각하다는 것을 재중이 어느 정도 느낀 것 같은 눈치를 보이자 슬쩍 끼어들었다.

"그리스 하나로 끝나지 않을지도 몰라요."

"……."

뭐 속셈이 뻔히 들여다보였지만, 재중은 우선 린다 마릴이 하는 말을 가만히 듣기만 했다.

"그리스가 시작이 될 수도 있어요. 이대로는 유럽 경제 전체가 흔들리는 시발점이 될 수도 있으니까요."

한마디로 재중이 지금이라도 마음을 돌려서 그리스에 도움을 주었으면 하는 마음에 슬쩍 찔러보는 것이다.

하지만 재중은 옆집에서 개가 짖느냐는 표정으로 이야기를 다 듣고는 무시해 버렸다.

"그냥 그렇다구요."

린다 마릴도 재중이 관심이 없는 표정이자 슬쩍 꼬리를 내리고 시선을 돌렸다.

지만 속으로는 처음에 재중의 뒤통수를 친 현장 팀장이라는 것들을 지금이라도 다시 찾아가서 요절을 내고 싶은 마음이 가득했다.

물론 아직까지 그들이 살아 있을 확률은 제로에 가깝지만 말이다.

뒷수습을 하는 린다 마릴만 죽어날 뿐이었다.

*   *   *

무섭다.

황당하다.

믿어지지 않는다.

재중이 공항에서 내려 다른 6인 중에 남은 네 명과 합류하기 위해 잠시 카페에서 기다리면서 먹은 음료와 케이크의 가격이 무서울 만큼 비싼 것이다.

세금 10%가 더 붙는 것이 얼마나 무서운지 피부로 와 닿는 순간이었다.

특히나 사람 숫자가 많고 가짓수가 많을수록 세금 액수 는 눈덩이처럼 불어났다.

무엇보다 가공식품에만 세금이 더 붙었는데, 지금 일행 이 먹는 모든 것이 다 가공식품이니 그리스의 첫인상이 확 실히 충격적으로 다가올 수밖에 없었다.

"오빠, 그리스가 좋긴 한데 뭔가 좀 분위기가 그다지 좋 아 보이진 않는다."

연아도 딱히 무어라 꼬집어 말할 수는 없었다.

하지만 공항이 이미 파업에 들어갔고 알고 보니 그건 시작에 불과했다.

조금만 걸어가도 피켓을 들고 있는 사람이 쉽게 눈에 띄었다.

파업하는 사람들도 의외로 쉽게 찾아볼 수가 있었다.

갑자기 세금이 10%가 올랐다.

그런데 월급은 그대로, 아니면 오히려 줄어들고 있으니 당연히 이런 상황이 벌어지는 것이다.

거기다 그리스의 취업난은 이미 유럽, 아니, 세계적인 추세였으니 엎친 데 덮친 격인 셈이다.

그리스 사람들이 외국어를 배워서 외국으로 나가는 것
이 유일하게 취업할 수 있는 방법이라는 말이 그냥 나온
게 아닌 듯했다.

"오빠, 정말 힘든 거야?"

직접 보고 느낀 연아가 뜬금없이 재중에게 그리스에 돈
을 줄 수 없느냐고 할 정도이다.

"이미 내가 어떻게 해볼 수 있는 수준을 넘어섰어. 스페
인과 달라서 말이야."

"달라? 그런가?"

연아는 재중이 하는 말을 쉽게 이해하지 못하는 듯했
다.

반면에 린다 마릴은 재중의 말에 자신도 모르게 고개를
끄덕였다.

본래 스페인의 왕이던 알프레도 6세가 라스푸틴의 손에
갑자기 죽으면서 알리시아 공주가 여왕이 되었다.

그런데 그러는 과정에서 재중이 200억 달러를 주자 그
것을 이용해서 정치적으로 대부분 물갈이를 해버렸다.

한마디로 썩어서 더 이상 어떻게 할 수 없는 정치인들
을 과감하게 처단해 버린 것이다.

재중은 그저 나중에 자신이 찾아오면 등을 지켜줄 사람
을 만들 목적으로 준 돈이었다.

하지만 그것이 스페인의 모든 것을 바꾸는 든든한 원동력이 된 것이다.

그러다 보니 현재 스페인은 많이 좋아졌다.

국제 신용 등급도 많이 올라갔고 위험한 고비는 넘겼다.

하지만 그리스는 오히려 더 썩어가고 있었다.

그리스는 이런 사태까지 만든 원흉이 여전히 정치권에 자리 잡고 있었다.

국민이 낸 세금으로 빚을 갚고 있으면서도 정작 본인들의 돈은 모두 외국으로 빼돌려서 아무런 손해가 없었으니 말이다.

"린다 마릴 씨."

"네?"

린다 마릴은 갑자기 재중이 자신을 부르자 생각에 잠겼다가 깨어나 쳐다봤다.

"제가 그리스에 500억 달러를 기부한다고 하면 그중에서 얼마가 실제 그리스 경제를 일으켜 세우는 데 사용될까요?"

"……."

순간 린다 마릴은 말문이 막혀 버렸다.

지금 그리스 부정부패 수준이 어느 정도인지 린다 마릴

은 잘 알고 있었다.

물론 재중도 그걸 알고 있을 것이다.

"아마 10% 내외일 겁니다."

황당하게도 500억 달러 중에 50억 달러만 실제 그리스 경제에 쓰인다는 린다 마릴의 대답에 재중은 오히려 피식 웃었다.

"최대한 많이 잡아서 10%가 아닌가요?"

뜨끔!

"제가 한국에 100억 달러를 무상 지원했다는 건 아실 겁니다."

"네."

"그럼 과연 그 100억 달러 중에서 얼마가 실제로 국가를 위해 쓰였을까요?"

재중이 갑자기 한국에 쓴 돈에 대해서 물어보자,

"제가 알기로 45억 달러가 쓰인 것으로 알고 있어요."

역시나 요원답게 정확하게 알고 있는 모습에 재중은 피식 웃으면서 물었다.

"한국에서조차 45%였습니다. 그럼 그리스는? 아마 평균 5%나 되면 그나마 성공한 기부일 겁니다. 그렇지 않나요?"

"뭐… 그렇죠."

살짝 돌려서 말하고는 있지만 결국 지금 재중은 절대로 그리스에는 무상 지원할 생각이 없다는 뜻을 보이는 것이다.

린다 마릴로서는 다시는 그런 말을 꺼내지 말라는 무언의 협박으로 받아들일 수밖에 없었다.

기부한 돈의 90%가 넘게 아무도 모르게 소문 없이 사라지는 곳, 그곳이 지금 그리스였다.

"……!"

벌떡!

그런데 갑자기 린다 마릴과 이야기하던 재중이 표정이 굳어 자리를 박차고 일어섰다.

"왜 그래요, 재중 씨?"

"사이먼! 헨기스트!"

재중이 갑자기 카페 밖으로 나가면서 다급하게 책을 보고 있는 사이먼과 헨기스트를 부르자,

후다다닥!!

곧바로 일어나 재중을 따라 나섰다.

"왜 그러십니까, 재중 님?"

"무슨 일이 생겼습니까?"

사이먼과 헨기스트는 역시나 5서클의 한계를 벗어나지 못한 관계로 느끼지 못하는 듯했다.

"우리와 만나기로 했던 남은 네 명이 저쪽에서 오기로 하지 않았나요?"

재중이 나직하게 묻자,

"네, 맞습니다, 재중 님. 그런데 그걸 어떻게 아셨습니까?"

사이먼은 재중이 정확하게 방향을 가리키자 놀란 듯 물었다.

"일이 잘못된 것 같군요."

"네? 그게 갑자기 무슨……? 설마……!"

지금 여기서 일이 잘못된다는 것을 뜻하는 건 한 가지뿐이었다.

"라스푸틴의 제자에게 그들이 들켰어요."

"이런!"

재중과 만나기만 하면 무서울 것이 없는 상황이었다.

사이먼은 다 와서 마지막에 갑자기 이렇게 틀어진 것이 안타까운 듯 짧은 신음을 내더니 곧바로 움직이려고 했다.

그런데 그런 사이먼보다 재중이 먼저 움직였다.

탓!

그리고 놀랍게도 사이먼과 헨기스트가 보고 있는 상황에서 사라져 버린 것이다.

재중은 사람들 사이로 들어간 것과 동시에 녹아들 듯
사라져 버렸다.

눈을 씻고 찾아봐도 찾을 수 없었다.

Chapter 13
습격

재중귀환록

재중은 사람들 틈에 들어가는 순간 마나를 동결하다시
피 해서 존재감을 바닥까지 떨어뜨렸다.

　그러자 순식간에 재중이 뻔히 눈앞에 있는데도 그 누구
도 찾을 수 없게 된 것이다.

　그리고 존재감이 완전히 사라지자,

　타타타탁!!

　재중의 움직임이 점점 빨라지더니 어느새 바람과 같이
움직이고 있었다.

　"응? 방금 뭐가 지나갔나?"

가끔 민감한 사람 몇몇이 재중이 지나간 뒤 알아차리고 주변을 둘러보았다.

하지만 이미 저 멀리 가버린 재중을 찾는 것은 불가능했다.

"바람인가?"

그러다 보니 대부분은 바람으로 생각하고 대수롭지 않게 넘겼다.

'가깝다. 거의 다 왔어.'

마나의 파동이 미약하지만 확실하게 느껴졌다.

재중이 길을 잃거나 방향이 어긋나 비켜갈 일은 없었다.

다만 지금도 마나의 파동이 점점 약해지고 있다는 것이 재중이 서두르는 이유였다.

탓!!

"저긴가!"

재중이 건물 벽을 타고 마치 평지를 날아오르듯 순식간에 5층 건물의 옥상에 도착하자,

뚝뚝뚝뚝.

그곳에서는 어디서나 흔하게 볼 수 있는 백발의 노인이 가슴에 피를 흘리면서 벽에 기댄 채 힘겹게 미약한 숨을 이어가고 있다.

"누, 누구?"

노인은 아직 기력이 약간이나마 남아 있는 듯 힘겹게 고개를 들어 재중을 쳐다보면서 무어라 말하려고 했다.

하지만 그런 그의 시도는 금방 끝나 버렸다.

툭!

갑자기 고개가 힘없이 꺾여 버린 것이다.

"늦지 마라. 제발."

재중은 바람처럼 날아가 쓰러져 피를 흘리고 있는 노인의 가슴에 손바닥을 가져다 댔다.

좌라라라라락!!

순식간에 재중의 의지에 따라 나노 오리하르콘이 옮겨 가더니 빠르게 노인의 상처를 치료하기 시작했다.

하지만 나노 오리하르콘이 치료를 하고 있는데도 어째서인지 재중의 표정은 여전히 굳어 있었다.

"피를 너무 많이 흘렸어."

나이가 많았다.

거기다 이미 기력도 많이 떨어진 상태였다.

그런데 가장 큰 문제는 가슴에서 피를 너무 많이 흘렸다는 것이다.

"테라!"

재중은 별수 없이 지금 상황에서 가장 빠르게 올 수 있는 테라를 불렀다.

—네, 마스터. 부르심 받고 왔어용~

기다렸다는 듯 테라가 재중의 그림자에서 튀어나왔다.

"피를 너무 흘렸다. 무슨 방법 없어?"

어찌 되었든 이 노인을 살려야 하기에 재중은 다급하게 물었다.

—오랜만에 실력 발휘 좀 할게요.

테라는 곧바로 양손을 앞으로 내밀었다.

촤라라라륵!!

테라의 허리에 매달려 있던 드래곤의 마도서, 즉 테라의 본체가 허공에 떠올라 저절로 펼쳐지더니 주변의 마나가 공명하듯 진동하기 시작했다.

—생명의 빛은 언제나 따스할 것이다. 그 빛은 지금 나에게 되돌아올지니, 마나의 빛이여, 생명을 되살려라! 리커버리!!

회복계 최고 마법이라 불리고, 죽은 시체를 제외하고는 그 어떤 사람도 살린다고 알려진 마법이 발현되자,

파앗!!

갑자기 노인의 몸에서 푸른빛이 뿜어져 나오더니 빛이 그대로 하늘을 향해 솟아올랐다.

마치 구름을 뚫고 우주로 뻗어갈 듯 말이다.

하지만 그 빛은 불과 1~2초 정도 유지됐을 뿐이다.

―마스터, 끝났어용~ 저 잘했죠? 헤헤헤~

역시나 드래곤의 마도서 테라였다.

금방이라도 맥이 끊어질 듯 약하던 노인이 리커버리 한 방에 심장 소리가 정상으로 돌아온 것을 보면 말이다.

―헤헤헤, 브이~

오랜만에 재중과 단둘이라는 생각에 테라가 애교를 부리자 재중은 기특한지 머리를 쓰다듬어 주었다.

―아, 마스터, 외로웠어요~ 그 엘프만 곁에 두시고 저를 멀리하시면 전 외로움에 쓸쓸히 죽어갈지도 몰라요, 마스터. 흑흑흑!

온갖 오버를 하면서 부리는 애교를 이번만큼은 재중도 다 받아주었다.

확실히 테라가 없었으면 이 노인은 죽었을 것이다.

―엇! 사람들 온다~ 전 이만 쑝~

재중의 곁에서 고양이처럼 비비고 안겨 있던 테라가 사람들의 발걸음 소리가 들리자 아쉬운 듯한 표정을 지으며 재중의 그림자 속으로 사라져 버렸다.

그리고 정확하게 테라가 사라지고 몇 초 뒤에 린다 마릴이 옥상 문을 열고 모습을 드러냈다.

'뭐지? 어떻게 저렇게 정확하게 나를 찾아온 거야?'

그런데 재중은 사이먼이나 헨기스트가 아닌 린다 마릴이 가장 먼저 자신을 찾아왔다는 것에 고개를 갸웃거렸다.

사이먼이나 헨기스트야 5서클 마법사이니 마나의 흔적이나 재중이 지금도 뿌리고 있는 마나의 파동을 느끼고 찾아오는 것이 당연하다.

하지만 린다 마릴은 일반인이다. 어떻게 알고 가장 먼저 이곳에 모습을 드러냈을까?

그리고 뒤이어 세프가 허공에서 모습을 드러냈다.

'뭐야? 세프보다 빨리 왔다고?'

재중은 지금 이 순간에도 뭔가 미묘하게 어색한 느낌을 받고 린다 마릴에 대해서 조금 신경이 쓰였다.

하지만 우선 급한 일이 있기에 추궁은 나중으로 미뤘다.

"누군지 알아보겠어요?"

재중이 노인을 안아 들고 묻자,

"카디스, 마나의 인도자를 이끄는 6인 중에 한 명이 맞아요."

린다 마릴은 얼굴을 확인하고는 확신에 찬 표정으로 말했다.

"우선 이곳을 벗어나야 해요."

5서클의 고위마법사가 철저하게 당한 것이다.

5서클이면 일반적인 무기로는 카디스를 다치게 하는 것이 사실상 불가능하다.

한데 재중이 도착했을 때 카디스는 놀랍게도 많은 피를 흘리면서 죽어가고 있었다.

"어디 갈 곳이 있어요?"

린다 마릴은 상황이 급하게 돌아가자 자연스럽게 요원으로서의 표정이 되살아나면서 분위기가 변하기 시작했다.

재중은 그걸 보면서 확실히 평소의 린다 마릴과 위급한 상황에 닥친 린다 마릴은 완전 다르다는 느낌을 받았다.

"이곳은 처음인데 사이먼과 헨기스트는 지금 어디 있죠?"

그나마 이곳에 대해 조금이라도 더 알고 있을 사이먼과 헨기스트를 찾았다.

하지만 아무리 마법사라도 세월의 무게 앞에서는 역시나 덧없는 인생인 듯했다.

"헉헉헉!"

이제야 옥상으로 올라오는 통로에서 거친 숨소리가 들리는 것을 보면 말이다.

"우선 제가 아는 안전가옥으로 가요."

린다 마릴이 혹시나 비상사태를 대비해서 MI6에서 만들어놓은 안전가옥을 이야기하자,

"신세 좀 질게요."

재중이 나직하게 감사를 표현하고는 곧바로 건물을 내려가기 위해 옥상으로 올라오는 통로로 빠르게 움직였다.

"셰프, 알아서 따라와 줘."

재중이 뒤도 돌아보지 않고 말했다.

─네, 재중 님.

그리고 재중과 린다 마릴은 사라져 버렸다.

─음, 저격인가?

반면 셰프는 바로 떠나지 않고 주변을 살피기 시작했다.

카디스가 흘린 피를 직접 만져도 보고 주변을 살펴보면서 더 높은 건물이 있는지 유심히 찾아보았다.

하지만 의외로 주변 2㎞ 안에는 지금 카디스가 발견된 건물보다 높은 건물이 없었다.

"저격의 확률은 낮아."

일반적으로 저격총의 사거리가 꽤 멀긴 하지만, 실제로 유효 사거리는 1.5㎞가 한계였다.

거리가 멀어질수록 바람과 태양, 그리고 습도에 따라 크게 빗나가는 것이 저격이다.

―응?

아무리 살펴도 나오는 것이 없어 재중을 따라가려고 몸을 돌리던 참이었다.

세프의 눈에 우연히 햇빛에 반사되어 비치는 것이 보였다.

―이건……?

혹시나 하는 생각에 세프가 손으로 집어 올리니 모양이 꽤 특이한 것이다.

손가락 길이에 머리카락 두께와 비슷할 만큼 얇았다.

거기다 너무나도 투명해서 집중해서 보지 않으면 없다고 착각할 만큼 맑고 투명한 것이었는데 뭐라고 부르기도 애매했다.

거기다 혹시나 하는 생각에 세프가 손으로 잡고 힘껏 구부리자,

휘익~

완전히 동그라미 모양으로 휘어졌다가 빠르게 튕기듯 원래의 모양으로 돌아오는 것을 보면 탄성도 상당히 좋았다.

―우선 챙기자.

세프도 때마침 고개를 돌린 곳에 햇빛이 비추지 않았다면 찾지 못할 만큼 너무나 맑고 투명한 것을 우선 자신의

아공간에 집어넣고서는 공간 속으로 사라졌다.

그런데 셰프까지 사라지고 난 뒤 몇 분이 지났을까?

어둠 속에서 시커먼 로브를 뒤집어쓴 음침한 인영 하나가 모습을 드러냈다.

"크크크큭, 어떻게 되었으려나, 이 영감은. 크크큭."

무언가 만족스러운 기대를 하면서 나타난 인영은 주변을 살피다가 뭔가 당황스러운 듯한 몸짓을 하기 시작했다.

"뭐야? 어디 갔어, 그 영감 시체는?"

당연히 이곳에 있을 것이라고 생각한 카디스의 시체가 없자 당황한 듯 주변에 마나를 살짝 퍼뜨려 꼼꼼하게 다시 살폈지만 도무지 찾을 수가 없다.

"젠장, 실패했나? 아니야. 이 정도 피면… 어쨌든 성공했다는 건데."

핏자국만 가득하지 실제로 그가 원한 카디스의 시체가 없다는 것에 신경질적인 반응을 보이다가 곰곰이 생각에 빠졌다.

"아~ 그렇구나. 나머지 영감들이 나타났군."

그는 카디스의 심장에 정확하게 자신의 공격이 박히는 것을 확인했다.

물론 몸을 숨기고 이렇게까지 멀리 도망갈 줄은 몰랐기

에 찾는 데 시간이 좀 걸렸다.

설마 그 짧은 시간 안에 다른 마나의 인도자 6인이 와서 카디스를 데리고 갔을 줄은 예상 밖인 것이다.

"하지만 이 정도 출혈이면, 크크크큭, 살기는 힘들겠지?"

옥상은 거의 피 칠갑을 했다고 말해도 될 만큼 사방에서 피비린내가 진동했다.

이 정도면 엄청난 출혈 양이다.

거기다 카디스는 이미 100세가 훨씬 넘은 노인이다.

아무리 5서클의 고위마법사라고 해도 결국 뼈와 살로 이뤄진 인간인 이상 다치고 피를 흘리면 죽을 수밖에 없다.

"크크큭, 뭐 시체 확인은 힘들지만, 우선은 이것으로 만족해야겠군."

검은 인형은 그렇게 잠시 자리에 머물렀다가 다시 어둠 속으로 사라져 버렸다.

처음 왔던 모습과 같이 말이다.

*   *   *

"여기라면 우선 안전해요."

린다 마릴이 안내한 안전 가옥은 겉으로 봐서는 그저 평범한 가정집이었다.

그런데 안으로 들어와서 2층으로 올라가는 순간, 방 한 편을 가득 채운 여러 대의 모니터, 그리고 위성으로 직접 연락하는 장비들이 재중의 눈을 사로잡았다.

그리고 그런 장비들 옆에 한쪽에 가지런히 진열되어 있는 총기류가 조금은 어색한 모습이기도 했다.

"이쪽으로 우선 눕혀요."

린다 마릴은 옆방 문을 열더니 작은 침대로 재중을 안내했다.

재중은 안고 있던 카디스를 침대에 사뿐히 내려놓았다.

"피는 많이 흘린 모습인데… 의외로 상처가 없네요?"

재중이 카디스를 내려놓자 곧바로 구급상자를 들고 카디스의 가슴을 살피던 린다 마릴이 고개를 갸웃거리며 물었다.

"치료는 끝났어요. 당장 위험해서 제가 치료했으니 괜찮을 겁니다."

"네? 아, 설마 이거 치료한 것도 마법이에요?"

재중이 이제 무얼 하기만 하면 마법으로 생각하는 린다 마릴의 모습에 피식 웃으면서 고개를 끄덕였다.

나노 오리하르콘도 따지고 보면 마법이 만들어낸 결정

체였으니 말이다.

물론 가장 결정적으로 카디스를 살린 것은 테라의 리커버리였다.

하지만 겉으로 보기에는 가슴에 저렇게 피를 흘리고도 생채기 하나 없이 치료를 한 재중의 나노 오리하르콘이 더욱 좋아 보이긴 했다.

"어떻습니까, 재중 님?"

사이먼은 카디스가 안전한 것을 확인하고서도 재중에게 물었다.

아무리 봐도 재중이 무언가 조치를 취한 것 같은 모습이니 말이다.

"우선 생명에는 지장이 없습니다."

"다행이군요. 정말 감사합니다."

사이먼은 재중에게 진심으로 감사의 인사를 했다.

6인 모두가 시기만 다를 뿐 모두 한 스승 밑에서 배운 제자이기에 끈끈한 정도 남다른 모습이다.

"그보다 사이먼."

"네, 재중 님."

"현재 지구에 5서클 고위마법사의 가슴을 저렇게 타격해서 죽음으로 까지 몰아넣을 수 있는 수단이 있나요?"

대륙에서도 5서클 마법사는 거의 걸어 다니는 한 개 사단급이었다.

지구야 화약류 무기가 많아서 힘들긴 하겠지만 전술적으로 사용하면 대륙이나 지구나 사실상 5서클 마법사 한 명만으로도 전쟁의 판도가 뒤집어질 수 있을 만큼 대단한 힘을 지닌 존재이다.

그런데 그런 5서클의 고위마법사가 가슴에 구멍이 뚫려 출혈로 죽어가는 것을 본 재중의 표정이 심각한 것은 어쩌면 당연했다.

"저도… 처음입니다. 저희 마나의 인도자들의 역사상 카디스를 제외하고 누군가의 공격으로 죽을 뻔한 경험을 한 마법사는 없으니까요."

"그럼 사이먼도 카디스를 저 지경으로 만든 것이 무엇인지 모른다는 거군요."

"네. 오히려 제가 재중 님께 묻고 싶습니다. 혹시 주변에 누군가 없었습니까?"

재중이 가장 먼저 움직였고 가장 빠르게 도착했기에 사이먼이 간절한 눈빛으로 물어봤지만 재중은 고개를 저었다.

"아무것도 없었습니다. 제 생각에는 카디스가 습격을 받고 바로 도망친 듯해요."

아무리 저 지경이 되었다고 해도 5서클 고위마법사이다.

그 자리에서 죽는 바보 같은 짓은 하지 않았을 것이다.

물론 그 때문에 결과적으로 재중에게 살아남았지만 말이다.

"카디스는 누굴 쫓고 있었습니까?"

재중은 상황이 이쯤 되면 가장 의심스러운 것은 카디스가 추적하고 있는 존재라는 생각이 들었다.

"라스푸틴의 제자 중에 하나로 알려진 알람이라는 녀석입니다."

"알람?"

이름이 왠지 낯익은 재중이 되뇌듯 묻자,

"본명은 저희도 모르고 있습니다. 그저 그렇게 불리기에 저희도 그렇게 부르고 있을 뿐, 사실 라스푸틴 외에는 거의 정보가 없다고 봐야 합니다."

"그럼 우선 카디스를 저렇게 만든 녀석은 그 알람이라는 녀석일 확률이 높군요."

"네. 하지만… 도대체 무엇으로 저 친구를 저렇게 만들었는지 상상이 가지 않습니다."

같은 5서클인 사이먼도 지금 카디스의 모습을 보고는 자신도 모르게 등에 식은땀이 흘러내리는 중이다.

왜냐하면 자신도 저렇게 될 수 있다는 말이기 때문이다.

거기다 카디스는 과거 마법사가 되기 전 이스라엘 특수 요원이기도 했다.

그러다 보니 마법 외에도 위기 대처 능력이 다른 6인에 비해서 월등히 좋았다.

그래서 알람을 깊이 추적하는 데 카디스가 움직이기도 했다.

하지만 결과적으로는 카디스가 당했다.

그것도 거의 죽기 직전까지 몰렸다면 이건 마나의 인도자들에게는 심각한 상황이 발생한 것이다.

5서클 마법사가 저렇게 당했다면 그 밑의 마법사들은 비명횡사할 것이 분명했다.

"우선 카디스가 깨어나면 물어보기로 하고, 다른 분들은 어디에 있습니까?"

카디스가 저 지경이 된 상황이다 보니 아직 만나지 못한 남은 세 명이 궁금했다.

"혹시라도 카디스를 저렇게 만든 존재가 미행할 것을 생각해서 우선 나머지 셋은 대기 상태입니다."

아직 실질적인 사이먼의 전투력을 보진 않았지만, 상황 판단만으로 빠르게 후속 조치를 취하는 것을 보면 확실히 연륜은 무시할 수 없는 듯했다.

냉정하지만 지금 상황에 나머지 세 명을 이곳 안전 가

옥에 불러들인다는 것은 결코 좋은 판단이 아니었다.

적에게 좋은 먹잇감이 여기 있다고 광고하는 것이나 마찬가지였으니 말이다.

"그리고 연아 양과 천서영 양 등 일행은 저희가 있던 카페 근처의 호텔에 우선 모셔놓았습니다, 재중 님."

"아……."

재중은 사이먼이 말하고서야 연아와 천서영 등 일행을 카페에 두고 바로 나왔다는 것을 떠올리고는 아차 했다.

"감사합니다."

"카디스를 구해주신 것에 비하면 아무것도 아닙니다, 재중 님."

사이먼은 환하게 웃으면서 재중에게 오히려 감사의 인사를 했다.

린다 마릴의 말을 들은 사이먼은 카디스가 살아남은 것은 무조건 재중 덕분이라고 생각하고 있었다.

그럴 수밖에 없는 것이, 린다 마릴이 그 짧은 순간에 자신의 특수 장비로 찍은 옥상의 사진을 보여주면서 이 출혈양을 생각하면 곧바로 그 자리에서 수혈하면서 수술을 해도 죽었을 거라고 했다.

그 정도로 린다 마릴이 보여준 사진에는 온통 핏자국뿐이었다.

으드득!!

"어떤 놈인지 찾아내고야 만다! 기필코!"

카디스가 다친 것을 생각하면 가슴이 서늘해진다.

그러나 동시에 린다 마릴이 보여준 옥상의 핏자국 사진을 보면 피가 끓어오르는 것은 어쩔 수가 없었다.

"우선 적어도 하루는 이곳에서 주변을 살피면서 상황을 살펴봐야 해요."

린다 마릴은 어느 정도 정리가 되자 곧바로 여러 개의 모니터를 켜더니 바쁘게 스위치를 켜고 장치를 조작하기 시작했다.

그리고 모니터에 화면이 들어왔는데, 놀랍게도 지금 이들이 있는 안건가옥의 옥상부터 옆의 작은 골목까지 적외선 카메라 화면 수십 개가 떠오르기 시작했다.

"우선 이것으로 최소한 뒤통수 맞는 일은 없을 거예요."

그냥 일반적인 방범 카메라도 있지만 그건 그냥 유인용이었다.

실제로 현재 린다 마릴이 보고 있는 모니터 화면을 비춰주는 카메라는 벽 속에 은밀하게 숨겨져 있으니 말이다.

그리고 그렇게 준비가 모드 끝났을 때, 마지막으로 세프가 돌아왔다.

—재중 님.

"응?"

세프는 오자마자 재중에게 다가가더니 아공간에서 옥
상에서 주운 것을 꺼내 재중에게 내밀었다.

"이건 뭐야?"

—조금 전 카디스가 쓰러져 있던 옥상에서 발견한 것입
니다.

"……?"

재중은 세프의 말에 바로 받아서 살펴보니 뭔가 용도를
정확하게 알 수가 없게 생긴 요상한 것이었다.

칼로 쓰기에는 전혀 날카롭지도 않고, 그렇다고 멀리서
쏘기에는 너무나 가볍기까지 했다.

그런데 도대체 무엇을 만들었는지 혹시나 싶어 재중이
옆에 컵에 그것을 넣자,

"완전히 안 보이는군."

놀랍게도 물속에 들어가자마자 재중도 찾을 수 없을 만
큼 완벽하게 사라져 버렸다.

그렇다고 물에 녹거나 해서 사라진 것은 아니었다.

손가락을 넣어서 찾아보니 멀쩡히 물속에 있었다.

"세프, 이 정도면 투과율이 99% 정도 될까?"

―거의 100%에 가깝다고 할 수 있습니다, 재중 님.

사실 현재 지구의 과학 기술로도 투과율이 극도로 높은 물건이 흔하긴 했다.

대표적으로 렌즈가 그것인데, 렌즈를 끼는 사람들이 모르고 렌즈 낀 채로 세수했다가 고생했다는 경험을 흔하게 들었을 것이다.

하지만 이렇게 이상한 모양과 용도를 알 수 없는 것을 만드는 경우는 없었기에 재중이 고개를 갸웃거리자,

"뭐예요, 그건?"

린다 마릴이 재중이 들고 있는 투명한 것을 보고 물었다.

"카디스가 쓰러진 옥상에서 셰프가 발견해서 가져온 것인데 용도를 모르겠네요."

재중이 고개를 갸웃거리면서 린다 마릴에게 내밀자,

"특이하긴 하네요. 뭔가 무기 같아 보이지도 않고, 그렇다고 우연히 만들어졌을 가능성은 없을 만큼 마감이 깔끔한 것을 보면 누군가 일부러 만들었다는 건데……."

전문적으로 교육받고 훈련받은 린다 마릴이 봐도 셰프가 주워 온 것은 확실히 무언가 있다는 느낌을 받기에 충분한 물건이었다.

"아, 혹시 루미놀 반응 검사를 해보면……."

"루미놀이면 CSI?"

재중이 유명한 미국 드라마 이름을 말하자,

"후후훗, 맞아요. 뭐 한국에서도 혈흔 검사할 때 가장 흔하게 쓰는 방법이기도 하구요."

그러면서 잠시 옆으로 가서 서랍을 열더니 작은 향수 스프레이 같은 것을 꺼내 왔다.

"보기엔 향수지만 실제로는 루미놀 용액이 들어 있어요."

그러고는 곧바로 세프가 주워 온 것에 뿌리고 뿌린 향수의 아랫부분을 누르자 푸른빛이 보였다.

한마디로 작은 통 안에 루미놀 용액과 그것에 반응하는 램프까지 모두 들어 있는 제품이었다.

"역시……"

린다 마릴은 푸른빛을 비추자마자 강하게 반응하는 모습을 재중에게 보여주었다.

"이 정도면 흉기라고 해도 상관없겠죠?"

재중도 손가락만 한 투명한 것이 전체적으로 루미놀 반응이 강하게 나온 모습에 린다 마릴에게 물었다.

"이 정도면 몸속에 들어갔다 나왔다고 해도 믿을 거예요. 핏방울이 튀어서는 절대로 이렇게 강하고 전체적으로 반응이 나올 수 없으니까요."

그런데 루미놀 반응을 보지 않았다면 절대로 저것에 피가 묻었다고 생각되지 않을 만큼 깨끗하고 투명했다.

　"루미놀은 혈액을 1만 배까지 희석해도 검출해 내는 용액이에요. 그러니 무슨 코팅 기술을 써서 피가 저절로 흘러내려 보이지 않게 만들었는지 모르지만, 루미놀이 반응하는 헤모글로빈까지 흘러내리게 하는 코팅 기술은 세상에 존재하지 않을 테니 저것이 카디스를 저렇게 만든 흉기인 것은 확실해 보여요."

　나름 처음으로 일행에게 도움이 되었다는 것이 기쁜지 한껏 어깨가 으쓱해진 린다 마릴이 자신 있게 말하자,

　"그럼 이것의 용도만 찾으면 된다는 거군요."

　재중은 호기심이 가득한 눈빛으로 책상 위에 있는 세프가 주워 온 것을 쳐다보았다.

Chapter 14
뜻밖의 무기

재중귀환록

"아, 오빠는 또 떠나갔습니다."

연아는 호텔 침대에 몸을 거의 내던지다시피 누우면서 짜증 섞인 목소리로 한마디 했지만 옆에 있는 천서영은 그 저 웃을 뿐이었다.

연아보다 천서영이 재중에 대해서 아주 조금이지만 더 알고 있다.

"언니는 이제 나이도 찼는데 아직도 재중 씨와 함께 있 고 싶은 거예요?"

슬쩍 장난 식의 말투로 연아에게 물었다.

"그러게요. 나 혹시 금단의 사랑을?"

"큭! 후후후후훗! 연아 언니, 그건 좀 아니다."

천서영은 연아의 장난스런 말에 바로 웃음을 터뜨렸다.

그런 사랑을 말하기에는 재중의 성격도 그렇지만 연아의 성격도 만만치 않다는 것을 천서영이 가장 잘 알고 있으니 말이다.

"그나저나 바네사는 어디 갔어요?"

분명 호텔 방에 들어올 때까지만 해도 비서로 있는 바네사가 함께 있었는데 지금 보니 없었다.

"어라? 그러고 보니 바네사가 보이지 않네요?"

천서영도 바네사가 없어진 것을 몰랐던 듯 일어나서 두리번거렸지만 바네사는 보이지 않았다.

"잠시 나갔나 봐요."

천서영은 바네사만큼 똑똑한 비서를 본 적이 없기에 큰 걱정은 하지 않았다.

굳이 시키지 않아도 알아서 모든 일을 처리하는 바네사였으니 말이다.

그런데 연아와 천서영이 찾고 있는 바네사는 의외로 호텔 로비에 내려와 있었다.

"미행은 없었지?"

"응."

거기다 처음 보는 여자와 친한 듯 이야기를 주고받고 있었다.

"상황은 어때?"

"네가 죽었다고 알려진 뒤로 알다시피 뿔뿔이 흩어졌지."

바네사는 여자의 말에 미안한 표정을 지었다.

"그런 표정 짓지 마. 어차피 우리 직업이 언제 죽을지 모르는 직업이잖아. 그러니 그냥 잘됐다는 심정으로 아예 손 씻고 떠난 애들이 대부분이었어. 그러니까 넌 그런 표정 지으면 안 돼. 알았지?"

"그래, 차라리 잘됐네. 다들 손 씻고 밝은 곳으로 돌아갔다니."

바네사는 자신의 생존을 알릴 수 없는 처지를 차마 말할 수 없는 답답함이 있지만 어쩔 수 없었다.

마나의 인도자조차도 수족 부리듯 부리는 재중의 여동생 비서로 살아가고 있으니 말이다.

"그보다 어떻게 된 거야? 다 죽었다고 알려졌고, 너와 똑같은 시체까지 발견되었는데. 유전자 검사도 바네사 너였어"

유전자 검사까지 속이는 것은 결코 쉬운 것이 아니었다.

지구의 기술로는 말이다.

하지만 테라가 움직이면 그건 너무나도 쉬웠다.

키메라를 만들던 기술을 살짝 응용해서 바네사의 세포를 배양한 다음 그걸 마법적으로 키워서 바네사와 똑같은 시체를 만들면 되었다.

바네사도 그걸 알고 있었다.

테라가 바네사에게서 세포를 채취할 때 직접 이야기해 주었다.

"그보다 여긴 어쩐 일이야? 죽은 사람이 그리스까지 관광 온 것은 아닐 테고."

"나 지금 비서로 일해."

"비서? 크크크크큭, 그래, 차라리 그게 어울려. 꼼꼼한 그 성격이면 아마 어딜 가도 넌 비서로서 성공할 거야. 분명히."

옛 바네사의 동료는 바네사가 멀쩡하게 살아서 번듯한 직업까지 가지고 살아 있다는 것이 너무나 기쁜 표정이었다.

왜냐하면 혼자가 된 바네사를 끝까지 지켜준 소중한 가족이었다.

물론 피를 나눈 가족은 아니다.

하지만 피보다 진한 가족애로 뭉친 그들은 언제 죽을지

모르는 킬러 생활에서 유일하게 쉴 수 있는 안식처였던 것이다.

물론 바네사가 혹시라도 자신이 죽을 것을 대비해서 비밀 계좌에 돈을 넣어두고 그걸 나눠 가지고 각자 살아가라고 귀에 딱지가 앉도록 말했다.

그런데 그게 실제로 일어난 것이다.

"카말, 다른 애들과 연락은 돼?"

카말은 바네사의 말에 웃으면서 고개를 저었다.

"우리 알잖아. 죽을 때 서로 연락하자고 한 거."

"그렇지만……."

"괜찮아. 어차피 죽으면 각자 연대 보증이 되어 있어서 자연스럽게 알게 되니까. 후후훗."

듣기에 따라 황당한 방법으로 상대가 죽었을 경우를 알수 있게 만들어놓은 듯했다.

누가 죽으면 서로 연대보증으로 다른 사람에게 소식이 가도록 말이다.

물론 많은 액수는 아니었다.

오로지 서로의 죽음만 알리는 용도로 만든 것이다.

"그런데… 무슨 일이야?"

카말은 바네사가 그저 살아 있는 것을 알리기 위해서 자신을 찾은 것은 아니라는 생각이 들었는지 물었다.

"정보망은 아직 쓸 만해?"

"정보?"

본래 실제로 킬러 활동은 바네사 혼자 했지만, 그 외 부수적인 정보와 무기 등은 카말과 다른 아이들이 나눠서 했다.

그중에서 카말이 가장 중요한 정보를 바네사에게 알려주는 담장이었다.

"왜? 다시 하게?"

카말은 정보를 찾는 바네사의 말에 걱정스러운 표정으로 물었다.

"아니, 나도 그때 한 번 죽었을 때 킬러 바네사도 죽은 거야."

"잘 생각했어. 그런데 갑자기 정보는 왜?"

"지금 내가 비서로 있는 사장 언니에게 필요해서."

"사장 언니?"

뭔가 요상한 호칭에 카말이 고개를 갸웃거렸다

"그냥 언니라고 부르라는데 비서가 그럴 수는 없잖아. 그래서 사장 언니라고 불러."

"크크크큭, 좋은 사람 만났구나, 바네사."

세상에 비서에게 언니라고 부르라는 사장이 어디 있겠는가?

거기다 사장 언니라고 했으니 음흉한 남자도 아니다.

이 정도면 바네사에게는 최고의 직장인 셈이다.

"너도 생각 있으면 한국으로 와."

"한국? 바네사 너 한국에 있었어?"

바네사가 마지막 킬러행을 떠난 것이 한국이었기에 카말이 놀란 표정으로 물었다.

"응, 뭐 사정이 좀 복잡한데, 나중에 너도 한국으로 오면 그때 자세하게 이야기해 줄게. 그보다 정보 라인 아직 살아 있어?"

"음, 다시 킬러행을 한다면 손을 좀 봐야겠지만, 그게 아니라면 웬만한 정보요원보다는 조금 떨어지는 수준일 걸?"

정보를 기본으로 해서 킬러행을 하던 바네사에게 카말의 정보는 그 무엇보다 중요했다.

카말의 정보로 인해 바네사의 목숨이 왔다 갔다 하는 킬러행이 대부분이었으니 말이다.

무엇보다 그만큼 카말을 바네사가 믿고 있다는 것이 중요했다.

"카말 네가 직접 조사하지는 말고 정보만 모아줘."

순간 카말의 눈빛이 살짝 가라앉았다.

직접 조사하지 말라는 말은 그만큼 위험하다는 뜻이다.

거기다 정보만 모아달라는 말은 꼭 필요하다는 말이기
도 했다.

정말 위험하지만 필요한 정보를 요구할 때 바네사가 하
던 말이다.

"직접 조사하지 않고도 원하는 만큼 정보를 모을 수 있
을까?"

"응, 의외로 쉬울 거야."

"그래? 뭘 원해? 물론 공짜는 아닌 거 알지? 쿠쿠쿳."

카말이 장난스럽게 웃자,

"이제는 월급쟁이니까 적당히 알아서 받아라, 카말. 아
니면 한국으로 오든가. 너 하나 정도는 취직시켜 줄 수 있
으니까."

"오~ 빽 좋은가 보네?"

장난스런 카말의 말에 바네사가 어깨를 으쓱거렸다.

"사장님 바로 밑이 난데 더 이상 뭐가 무섭겠어."

"하긴, 크크큭."

"이거야."

그러고는 조용히 작은 USB 메모리를 내밀자 카말은 능
숙하게 그걸 받아서 품안에 숨겼다.

"다 되면 거기에 있는 메일로 보내."

"오케이~ 오래간만에 손가락이 고생 좀 하겠군. 후후

후훗."

USB 메모리를 건넸으니 이제 볼일은 끝났기에 바네사가 일어서자 카말도 덩달아 일어섰다.

그리고 돌아서는 바네사에게 카말이 나직하게 말했다.

"살아 있어줘서 고마워."

"응."

그리고 카말은 호텔 밖으로, 바네사는 다시 연아와 천서영이 기다리는 룸을 향해 걸음을 옮겼다.

*　　*　　*

"카디스, 정신이 드는가?"

안전 가옥에 도착한 지 수 시간이 지난 뒤에야 카니스가 깨어났다는 말에 바로 달려온 사이먼과 헨기스트는 멀쩡한 카디스의 모습에 눈물을 흘렸다.

"늙은 것들이 무슨 주책이야. 아직 멀쩡한 날 앞에 두고 울다니."

괜히 고마우면서도 능청스럽게 한마디 한 카디스는 사이먼과 헨기스트와 인사를 한 뒤 밖으로 나오면서 재중을 발견하고서는 그대로 재중 앞으로 다가섰다.

"자네였지, 그때 내 앞에 나타난 것이?"

기절하기 전까지의 일을 기억하는 카디스의 기억력에
재중은 조금은 놀랍다는 표정을 지으면서 고개를 끄덕였
다.

"네, 제가 그때 그 사람입니다."

"그럼 자네가 나를 살린 은인이겠군."

과거 이스라엘 특수요원의 능력을 그대로 가지고 있기
에 카디스는 단번에 재중이 자신을 살렸다는 것을 알아차
린 것이다.

하지만 재중이 누군지는 아직 모르는 듯했다.

"재중 님, 이 녀석은 그동안 알람을 쫓느라 사실 저희와
연락을 끊은 지 6개월이 넘었기에 재중 님을 모르고 있습
니다."

사이먼이 바로 달려가서 재중에게 사과했다.

"웅? 이 늙은이가 노망이 났나? 아까는 질질 짜더니 이
번에는 새파랗게 어린 사람한테 굽실거리기까지 하고. 왜
그래?"

그러자 이대로 있다가는 카디스가 무슨 사고를 칠지 모
른다는 생각에 사이먼이 카디스의 팔을 잡고 헨기스트와
함께 방으로 들어갔다.

그리고 조금 뒤 카디스가 다시 방에서 나왔는데 이번에
는 표정부터가 달랐다.

"정말 잊힌 존재이십니까?"

카디스도 마법사였다.

당연히 마법을 인간에게 알려준 드래곤이라는 존재를 선망하고 만나고 싶어 하는 것은 당연했다.

하지만 직접 몸으로 겪은 사이먼과 헨기스트와 달리 카디스는 그냥 듣기만 했기에 조심스러울 수밖에 없었다.

"뭐 당장 무언가를 보여 드리고 싶지만, 지금 이곳은 MI6에서 빌려준 안전 가옥입니다. 아시죠?"

재중도 카디스의 출신을 들었기에 슬쩍 대답을 회피한다기보다 상황을 간단하게 설명했다.

"하긴 이곳에서 무언가 움직임을 보였다가는 그놈이 또다시 노리겠군요."

"……?"

재중은 방금 카디스가 한 노린다는 말에 카디스와 눈동자를 마주쳤다.

그리고 혹시나 하는 생각에 셰프가 주워 온 손가락만 한 투명한 것을 들어 카디스 앞에 보여주었다.

"맞습니다. 이겁니다, 저를 공격한 무기가."

정말 놀랍게도 셰프가 주워 온 이것이 5서클의 고위마법사가 죽음 직전까지 몰리게 만든 무기였던 것이다.

황당하게도 말이다.

설마 했던 것이 진짜가 되어버렸다.

"그럼 알려주시겠습니까? 도대체 이걸로 어떻게 고위 마법사를 그 지경으로 만든 겁니까?"

재중이 궁금해서 묻자,

"후후후훗, 저도 정말 당하기 전까지는 그게 그토록 무서운 무기라고는 생각지도 못했지요."

그러고는 재중이 들고 있는 그것을 받아 들었다.

"이왕 보여주는 것, 모두가 봐야겠지요."

카디스는 사이먼과 헨기스트, 그리고 세프와 린다 마릴까지 다 불러왔다.

"정말 저게 카디스를 그 지경으로 만든 무기라고?"

"그러게."

—설마 했는데 정말이었군요.

세프도 정말 저것이 무기일 줄은 몰랐던 모양이다.

다만 린다 마릴만 어깨에 힘을 잔뜩 주고 있다.

"내가 흉기라고 말했잖아요. 후후후훗!"

린다 마릴의 말에 재중이 고개를 끄덕였다. 마치 크게 칭찬받은 듯한 느낌이 든 린다 마릴이 재중 뒤로 살짝 움직이자 카디스가 본격적으로 보여주려는 듯 몸 안의 마나를 활성화시키려고 했다.

"……?"

그런데 카디스가 아무리 마나를 활성화시키려고 해도 마나가 움직이지 않는 듯 당황하기 시작했다.

"왜 그래?"

"무슨 이상 있어?"

사이먼과 헨기스트가 카이스에게 다가가자,

"마나가… 움직이지 않아."

그제야 재중이 저들이 당황하는 이유를 깨닫고 일어서서 카디스에게 다가갔다.

"가슴에 그런 큰 상처를 입고 서클 링이 아무런 이상이 없을 것으로 생각하셨나요?"

"아!"

카디스는 재중의 말을 듣고서야 자신이 죽을 뻔했다는 것을 기억해 냈다.

워낙에 재중이 깨끗하게 치료한 바람에 당사자 본인이 그걸 깜빡하는 웃지 못할 상황이 벌어진 것이다.

"음, 그럼 내 대신 사이먼 자네가 하면 되겠군. 원리는 간단하니까 말이야."

그러고는 그것을 넘겨주면서 사이먼의 귀에 대고 작게 속삭이자,

"……!"

놀란 표정을 감추지 못하는 사이먼이다.

"설마 그런 식으로 이걸 사용한단 말인가?"

카디스에게 듣고서도 믿어지지 않는다는 듯 되묻자.

"믿어. 내가 그렇게 당해서 황천 구경 할 뻔했으니까."

카디스가 무조건 믿으라는 듯 눈빛을 보냈다.

"그럼 시작합니다."

사이먼이 그것을 쥔 손에 활성화한 마나를 흘려보내 모이게 했다.

촤라라락!!

그러자 갑자기 마나를 급격하게 빨아들인 그것이 스스로 살아 있는 듯 꽈배기처럼 꼬이기 시작했다.

그리고 중력의 영향을 받지 않는 듯 허공에 떠 있다.

"이게 정말 그렇게 강해?"

보기에는 그냥 손가락만 한 길이의 길쭉한 것이 나선 모양으로 꼬였을 뿐이다.

"크크큭, 진짜는 이제부터야. 사이먼, 시작해."

카디스의 신호가 떨어지자 사이먼이 허공에 떠 있는 그것의 위와 아래쪽에 손바닥을 가져다 대고 마나를 활성화했다.

위이잉!!

그러자 갑자기 고속으로 회전하기 시작했다.

그런데 어찌 된 일인지 점점 더 회전이 빨라지는 것이

아닌가?

나중에는 그것의 회전하는 속도에서 울리는 소리 때문에 귀가 따가울 정도였다.

"바닥이 조금 구멍 뚫려도 상관없겠지?"

사이먼은 자신의 양손 사이에서 회전하는 그것의 방향을 아래쪽으로 내렸다.

그러고는 그대로 양손을 박수치듯 마주 잡자,

풋!!

양손의 손바닥 사이에서 회전할 때 요란한 소리를 내는 것과 달리 막상 사용했을 때는 자세히 들어야 들릴 정도로 작은 소리로 바뀌었다.

하지만 그 결과는 모두를 놀라게 만들었다.

"…거의 농구공만 한 크기로 구멍이 뚫렸네요."

"한동안 여기는 피해 다니세요."

그랬다.

그저 작은 그것이 만든 흔적은 2층에서 1층을 뚫고 지하까지 일직선으로 농구공 크기만 한 구멍을 만들어 버린 것이다.

그걸 지켜본 헨기스트는 소름 돋는다는 듯한 표정으로 말했다.

"저거면 5서클이 아니라 6서클이라도 한 방이겠다."

"그러게."

그랬다.

보기에는 별것 아닌 것 같은 그것은 마나를 활성화하면 스스로 반응해 모양을 변화시키고 거기다 마나를 머금어서 스스로 회전력을 최대까지 끌어 올리는 무기였다.

"카디스 너, 정말 살아 있는 게 용하다."

헨기스트가 정말 존경한다는 눈빛으로 쳐다보았다.

"운이 좋았어. 그것뿐이다."

카디스는 자신이 직접 당해봤지만 역시나 다시 봐도 온몸에 털이 다 곤두서는 느낌이 들었다.

반면 재중은 사이먼이 시범 보인 그것을 보고 나서 단 한마디도 하지 않았다.

하지만 지금 머릿속으로는 심하게 놀라는 중이었다.

'저게 왜 지구에 있는 거야?'

모양은 달랐지만 저런 파괴력을 내는 무기를 재중은 알고 있었다.

그것도 지구가 아닌 대륙에서 말이다.

'베르벤 외에는 이런 걸 만들 존재가 없을 거라고 생각했는데… 역시 마법사라는 녀석들은 예측이 안 되는구만.'

그랬다.

지금 재중이 놀라는 것은 모양이 조금 다르고 그것과 재질이 다르긴 하지만, 원리가 너무나 비슷한 것을 대륙에서 베르벤이 만든 적이 있기 때문이다.

물론 마법사가 드래고니안을 상대로 어떻게든지 이겨보려는 발악에서 만들었을 뿐이지만 말이다.

사실 우연이었다.

재중을 찾기 위해 지구로 왔던 베르벤이 지구에서 어떤 힘에 회전을 가하면 몇 배나 커진다는 것을 알고서 응용했던 것이다.

거기다 자기부상의 원리까지 섞어서 마법사만 할 수 있는 특수한 무기를 만들려고 했었다.

물론 대륙에서는 마나를 머금는 물질이 마나석뿐이기에 결국은 사용하지 못했지만 말이다.

마나석이 대륙에서 나오는 광석중에 강하긴 하지만, 그래도 결국 광석이였다.

한마디로 강도가 드래고니안을 처리하기에는 너무나 부족해서 결국에 써보지 못하고 포기했던 것이다.

재중도 우연히 베르벤이 지구에 갔을 때 얻은 아이디어라고 재중에게 보여준 적이 있기에 재중은 한눈에 봤을 뿐, 이야기만 들었다면 아마 재중도 몰랐을지도 몰랐다.

그만큼 상식을 벗어난 무기나 마찬가지였으니 말이다.

'만약 성공했다면 저런 황당한 위력이 나왔을 거야.'

재중은 지금 베르벤이 완성하지 못했던 것을 지구에서 봤다는 것에 놀랐다.

하지만 한편으로는 그런 상대가 하필이면 적이라는 것이 조금 난감할 뿐이었다.

5서클 마법사가 저 정도로 처참하게 당할 정도면, 사실 자신에게도 어느 정도는 충격을 줄 수 있다는 뜻이기도 했으니 말이다.

물론 재중이 자신의 안전을 걱정할 정도는 아니었다.

그렇지만 재중을 제외한 다른 이에게는 치명적인 무기나 마찬가지라는 것은 재중도 인정할 수밖에 없었다.

특히나 만약 저 무기로 연아를 공격한다고 생각하면 생각하는 것만으로도 재중 자신도 모르게 주먹에 힘이 들어갔으니 말이다.

"사이먼, 혹시 그것을 만들 수 있나요?"

재중은 혹시나 하는 생각에 사이먼에게 물어봤지만, 대답 대신 고개를 흔드는 사이먼의 대답을 들어야 했다.

"카디스의 말에 따르면 알람이라는 녀석이 만들었다고 합니다."

재중이 사이먼의 말을 듣고 고개를 조용히 끄덕였지만, 아직 사이먼의 말이 끝난게 아니었다.

"그리고 재중 님이 상대했던 데스 나이트를 만든 것도 바로 알람이라는 녀석 이었습니다."

"……?"

재중은 라스푸틴이아니라 그의 제자로 알려진 알람이 데스 나이트를 만들었다는 말에 사이먼을 쳐다보았다.

"사실 그것 때문에 카디스가 집중적으로 알람을 추적했었습니다. 왜냐하면 다른 그 어떤 녀석보다 위험성이 가장 높았으니까요."

재중은 그제야 마나의 인도자를 이끄는 여섯이 그냥 배덕자를 처리하기 위해서 그렇게 라스푸틴과 제자를 찾기 위해서 쫓아다닌 것이 아니라는 것을 알게 되었다.

한마디로 정말로 위험해서 그런 것이다.

데스 나이트 하나만 해도, 사실상 재중을 제외면 지금 이곳의 마법사들도 쉽게 상대할 수 있다고 말할 수 없는 존재였으니 말이다.

그런데 그걸 계속 만들어내는 녀석이라면, 만사를 제쳐두고 쫓아도 이상할 것이 없었다.

아니 오히려 더욱 죽어라 찾아 다녀야했다.

어디서 또 데스 나이트를 만들고 있을 테니 말이다.

"재중 님."

"네, 말씀하세요."

"정말 중요한 내용은 지금 아직 만나지 못한 다른 이들을 만나야 알 수 있습니다."

그랬다.

지금 재중은 갑작스런 습격으로 아직 만나지 못한 3명이 남아 있었던 것이다.

그리고 카디스가 던 녀석만 해도 이 정도인데, 다른 3명이 쫓던 녀석들은 어떤 내용이 튀어나올지 재중도 쉽게 짐작이 되질 않았다.

"언제까지 이곳에 기다리고 있을 생각이죠?"

재중이 상황이 생각보다 나쁘게 흐르고 있다는 느낌에 물어보았다.

"우선 린다 마릴 요원의 의견을 들어보고 판단할 생각입니다, 재중 님."

아무래도 MI6에서 수 년 동안 현장 경험이 많은 린다 마릴의 감각과 경험을 어느 정도는 의지하고 있는 사이먼이었다.

그리고 그런 사이먼의 행동은 재중으로서도 만족스러웠다.

아무리 5서클 마법사이면 뭐하겠는가? 경험이 없으면 뒤통수를 맞을 수도 있었다.

그리고 이미 카디스가 그 증거가 되었으니 말이다.

뭐 그래서 재중은 한동안은 이곳 안전가옥에서 더 머물러야겠지만 말이다.

그런데 안전가옥에서 시간을 기다리던 재중은 의외의 곳에서 엉뚱한 이야기가 흘러나오는 상황을 맞닥뜨리게 되었다.

─마스터

'응?'

재중은 별일 없으면 연락이 없는 테라의 목소리가 들려와 되물었다.

─마스터, 바네사가 단독으로 움직이고 있어요.

『재중 귀환록』 18권에 계속…

초대형 24시 만화방

!간 100%, 샤워실, 흡연실, 수면실(침대석), 커플석, 세탁기 완비

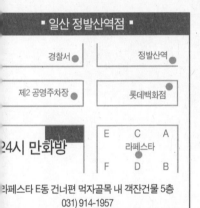

■ 일산 정발산역점 ■

경찰서 ● | 정발산역 ●
제2 공영주차장 ● | 롯데백화점

24시 만화방 | E C A
라페스타
F D B

라페스타 E동 건너편 먹자골목 내 객잔건물 5층
031) 914-1957

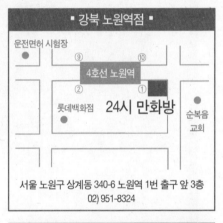

■ 강북 노원역점 ■

운전면허 시험장 ●
⑨ ⑩
4호선 노원역
② ①
롯데백화점 ● 24시 만화방 순복음
교회 ●

서울 노원구 상계동 340-6 노원역 1번 출구 앞 3층
02) 951-8324

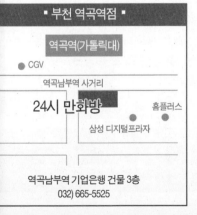

■ 부천 역곡역점 ■

역곡역(가톨릭대)
● CGV
역곡남부역 사거리
24시 만화방 홈플러스 ●
삼성 디지털프라자 ●

역곡남부역 기업은행 건물 3층
032) 665-5525

■ 부평역점 ■

부평문화의거리 시장로터리
한남시티프라자 ●
24시 만화방 나들가게 ●
부평
지하상가 부평1번가 춘천집 부평점 ●

(구) 진선미 예식장 뒤 보스나이트 건물 10층
032) 522-2871

독고진 장편 소설
FUSION FANTASTIC STORY
100마일
100MILE
160.9344km.
투수라면 누구나 던지고 싶은 공.
『100마일』
"넌 야구가 왜 좋아?"
야구가 왜 좋냐고?
나에게 있어 야구는 그냥 나 자신이었다.
가혹할 정도의 연습도,
빛나는 청춘도 바쳤다.
그리고 소년은 마운드에 섰다.
이건 역사상 최고의 투수를 꿈꾸는
어떤 남자의 이야기이다.
Book Publishing CHUNGEORAM
유행이 아닌 자유추구 -
www.chungeoram.com

PERFECT GAME 퍼펙트 게임

박선우 장편 소설
FUSION FANTASTIC STORY

고통과 좌절의 시간들을 뛰어넘어
불사조처럼 일어나 세계를 제패한 사나이의 일대기.

대한민국을 넘어 메이저리그를 평정하며
명예의 전당에 헌정된 언터처블 투수, 이강찬.

강철 같은 어깨에서 뿜어져 나오는 그의 패스트볼은
무적이었으며 야구계에 길이 남을 **신화**였다.

야구만을 사랑했던 고독한 사나이.
그의 퍼펙트게임이 이제 시작된다!

박선우 장편 소설
FUSION FANTASTIC STORY

PERFECT GAME 퍼펙트 게임

고통과 좌절의 시간들을 뛰어넘어
불사조처럼 일어나 세계를 제패한 사나이의 일대기.

대한민국을 넘어 메이저리그를 평정하며
명예의 전당에 헌정된 언터처블 투수, 이강찬.

강철 같은 어깨에서 뿜어져 나오는 그의 패스트볼은
무적이었으며 야구계에 길이 남을 **신화**였다.

**야구만을 사랑했던 고독한 사나이.
그의 퍼펙트게임이 이제 시작된다!**

Book Publishing CHUNGEORAM

유행이 아닌 자유추구 -
www.chungeoram.com

가프 장편 소설

관상왕의
1번룸

FUSION FANTASTIC STORY

거대한 도시의 그늘에서 벌어지는
짜릿하고 통쾌한 이야기!

『관상왕의 1번룸』

텐프로의 진상 처리 담당, 홍 부장.
절망적인 삶의 끝에서 만난 남국의 바다는
그를 새로운 인생으로 인도하는데…….

쾌락을 원하는 거부, 성공에 목마른 사업가,
그리고 실패로 절망한 사람들이여.

여기, 관상왕의 1번룸으로 오라!

Book Publishing CHUNGEORAM

유행이 아닌 자유추구 -
WWW.chungeoram.com